過保護な御曹司は薄幸の令嬢に一途な愛を注ぐ

～契約結婚の奏でかた～

あかつきもも花

Vanilla文庫Miel

イラスト／よしざわ未菜子

プロローグ

これが、最後の演奏だ。

その瞬間、最後の音を奏で、額の高さまで跳ね上がった自分の手を見て、ぼんやりと思った。

スポットライトの下で椅子《いす》に腰掛けたまま、ぜえぜえと上がった息を繰り返した。

（ああ、終わった……）

不思議となんの実感もなかった。

ホールに残響するピアノの音が消えるまで、栞里《しおり》は動かなかった。

水を打ったような静寂のあと、弾《はじ》けるように一斉に拍手が広がった。誰かの拍手を待っていたかのように沸いたそれに、ようやく、ほうっと息がつけた。

ステージには艶《つや》やかで偉大なグランドピアノと、深い青色のドレス姿の奏者である栞里がいるだけ。

この世界は、完璧だ。

指先が奏でた音が、支配する世界。それ以外は存在を許されず、美しい音だけが存在している。

ゆっくりと立ち上がり、ホールに体を向ける。市立文化会館の小ホールは、クラシックのために作られた専用のホールではないが、それでも、満足のいく演奏ができた。

会心の演奏だった。

コンクールでも、大きなコンサートでもない。地域の音楽祭に招待された。恐らく今までで一番、伸びやかに、そして一音一音粒だって、美しく人々を包んだだろう。

栞里が礼をすると、ひときわ拍手が大きくなる。

万雷。その言葉が相応《ふさわ》しい。

観客の何人かが立ち上がり、花束を持ってステージに歩み寄ってくる。その中に、美しい男の人がひとり、いた。

その姿に自然と、笑みが漏《も》れる。

ステージからは客席がよく見えるので、彼がいたことは栞里も気付いていた。

背がすらりと高く、足が長い。彼を見ると、いつも栞里はギリシア神話を思い出す。もしも自分がギリシア神話の神様だったら、きっと彼を星座にしたことだろう。

とてもきれいな顔をしている、素直にそう思った。

形のいい眉の下には、落ち着いた印象の切れ長の瞳が輝いている。メタルフレームのメガネが知的な印象によく似合う。あまり若い人が好むようなフレームではないけれど、彼には、しっくりとくる。

幼馴染《なじ》みと言ってもいいだろう。子どもの頃に通っていた音楽教室の生徒だった人だ。

こうして栞里がゲストとして参加するコンサートやコンクールの度に、お花を届けてくれていた。

目を輝かせたピアノをはじめたばかりだろう子どもたちから花束を受け取っている間、彼は静かに待っていた。

ようやく、彼と栞里だけになる。

彼のレンズの向こうの目が微《かす》かに潤んでいる。

（……よかった、上手に弾けたんだ）

自分で感じたできは客観的にも正しかった。

ずっと、彼が見守っていてくれた。栞里が命を削るようにピアノを弾くその姿を、まだ満足に運指もできなかった幼い頃から。

彼の差し出した、大きな百合の花束を受け取る。胸いっぱいに芳《かぐわ》しい香りを吸い込む。

じわりと、涙が浮かんだ。何度も何度も繰り返してきたやりとりに、さまざまな感情が去来した。

ああ、本当に、本当に最後だ。

（覚えていてください、あなたが。私の音を……）

熱いスポットライトの光に、ふたりで照らされる。
耳の奥に、愛したピアノの音がよみがえった。
音楽大学を卒業するこの春、何よりも愛したピアノを辞めなくてはいけない。
(この瞬間が、ずっと続けばいいのに)
彼の穏やかな微笑《ほほえ》みに、曖昧《あいまい》な笑みを返すことしかできなかった。

第一章　私なんかで務まるのでしょうか

「よかったわね、これで一生安心よ」

井沢栞里《いざわしおり》は叔母の言っていることの意味が分からず、首をひねった。

リムジンの中には、栞里と叔母夫妻しかいない。なので栞里に話しかけたことは、間違いないはずだ。

「ええと……？」

「いやねえ、栞里ちゃんったら、相変わらず察しが悪いんだから。あなた、今日何があったか覚えていないの？」

「卒業式……です」

答えながら、卒業証書の入った筒をぎゅうっと握った。

今日は卒業式だった。栞里はストレートに入学した国立の学芸大学を、無事に卒業した。

栞里は袴《はかま》を着て式に参加した。亡くなった母が何年も前から用意してくれていたものを、叔母が出してくれたのだ。

きちんと保管してくれていたので、大変ありがたかった。着物と一緒にしまっていた香袋も定期的に交換されていたようで、とてもいい香りがした。

姉と言っても通じそうなほど若い叔母は父方の妹にあたる。

彼女は美しいブラックドレスで、卒業式に駆けつけてくれた。赤地の矢絣《やがすり》柄の着物に、濃紺の袴を合わせて編み上げブーツという栞里の格好よりも、叔母のドレス姿の方が華やかで女優のようにきれいだった。

そのきれいな顔を悲しげに歪《ゆが》めて、叔母は首を振った。

「かわいそうなあなたのことを、こうして立派に大学まで出してあげたんだから、お兄さんたちもきっと鼻高々でしょう」

「ありがとうございます、叔母さま」

今日はめでたい日だ。

貸し切ったリムジンのテーブルにはシャンパンがふたり分と一口大のオードブルが並んでいる。ただ、栞里の前のテーブルは、ぽっかりと空いたままだ。

栞里は体質的にお酒が飲めないので、叔母はいつもお酒を飲まなくていいようにしてくれる。オードブルも、特別な服を汚さないように気を遣ってくれたのだろう。

着物はいくつか持っているけれど、卒業式用のものはこれしかない。

（お着付けもするし、ご飯食べない方がいいでしょうって叔母さまは言ってらしたけど、本当にそうだったな……）

栞里はそっとお腹を撫《な》でて、唇を噛《か》んだ。

お腹はすいたけれど、家に帰れば昨日の夕飯の残りがある。おいなりさんなので、電子レンジもお鍋も使わない。料理をしたことがない栞里でも、誰にも迷惑をかけずに済む。

それまで我慢だ。

「学校も卒業して、あなたの進路も決まったし、これでもう何も困ったことはないわね」

「……四月から、よろしくお願いします」

栞里は四月から、叔母の会社で事務職として勤めることになっている。

ずっと続けていたピアノはおしまいだ。夢を追うだけではいけない、栞里を育ててくれた叔母に恩返しをする番だ。

栞里は、いわゆるみなしごだ。

両親が亡くなったのは、七年前の十五歳のときのことだ。東京から新幹線で数時間かかる地方都市で開催されたピアノコンクールのその日、両親は客席にいなかった。

国内最高峰のコンクールの本戦の日。栞里自身は師事していたピアノの先生と数日前から滞在し、調整していた。

両親は仕事の都合を付けて当日の朝には会場入りすると言っていた。ただ、スケジュール的に厳しいことは栞里も分かっていた。

なので、演奏が終わって、ホールの客席に挨拶《あいさつ》したときに、両親の姿がないことには気付いたが深く気にとめなかった。

忙しい人たちだったので、来られなくなることは今までもあった。

三歳からピアノをはじめて、小学校に入学した歳にコンクールにはじめて参加した。栞里はすでに、コンクールの本戦常連だ。コンクールで入賞すれば特典として、入賞者披露演奏会がある。その演奏会に両親を招待すればいい、そう気楽に考えていた。

栞里の演奏が終われば、あとは数人の演奏を残すのみで、翌日の結果発表まで時間的にはあいている。

あとは天に任すしかない。

客席でほかの演奏を聴こうと移動しているとき、携帯電話に叔母から着信が入っていることに気がついた。

叔母とは疎遠だった。父の妹だが、年に数回だけ親戚の集まりで顔を合わせても、挨拶程度で会話はない。叔母だけではなく、これまで栞里のコンクールに、親戚が来たことはない。あまり、付き合いの深い親族関係ではなかった。

祖父母が亡くなった今となっては、親戚の集まりに顔を出すことも減ったので、電話には正直驚き……同時にいやな予感を覚えた。

何かがあったのだ。そうすぐに分かった程度には。

『……栞里ちゃん？　落ち着いて聞いてね、お兄さんたちが……』

そこから先はよく覚えていない。どうやって会場から病院に向かったのかも。

ただ、覚えているのは両親が集中治療室に寝かされている姿だ。

ピアノは結婚前から母がずっと続けていたものだ。家でピアノを弾く母を見て、栞里はピアノを習いたいとお願いした。

だからこそ、母が一番、栞里のことを応援してくれていた。

――わたしには才能がなかったから、栞里がこんなに弾けるなんて、すごく嬉《うれ》しいわ。

そう笑った母の言葉は、はっきりと思い出せる。母の顔はまるで眠っているようだったが、口元には呼吸のためのチューブが挿入されていた。

叔母は震える栞里を抱き締めてくれて、その場にしゃがみ込まないように支えてくれた。

ピアノをはじめてすぐに才能を認められ、九歳で有名な音楽大学で教えるピアノ講師に師事するようになってから、めきめきと上達した。

神童。十年に一度の天才。

誰もが栞里をそう讃《たた》えた。

井沢栞里。その名前は日本でクラシック業界に興味のある人間であれば、知らない者はいない名前になっていた。

今回の国際コンクールで入賞することは、確かに、家族の夢だった。

栞里は治療中の両親を残して、入賞者披露演奏会に臨んだ。

入賞し、喝采を浴びる入賞者披露演奏会。どうやってその瞬間を迎え、ピアノの鍵盤を叩《たた》いたか何も覚えていない。

涙は出なかった。

一週間以上の懸命な治療の甲斐《かい》もなく、ふたりは亡くなってしまった。

栞里のせいだ。

栞里がピアノをはじめなかったら、両親は死ぬことはなかった。コンクール当日のためになんとか都合を付けて、忙しいところを遠くから駆けつけようとして亡くなることなんてなかった。

――かわいそうに、かわいそうに、栞里ちゃん、かわいそうに。お兄さんもお義姉《ねえ》さんも、栞里ちゃんにピアノしかさせなかったから、あなたは何も知らないまま過ごしてきたのね……

叔母はそう言って、残された栞里に同情して泣いた。

ピアノだけが、世界だった。

そのせいで栞里を愛してくれた両親は死んだ。

胸に鈍い痛みを感じて首を振り、ほうっと息を吐《は》いた。記憶はほとんどないのに、今でも昨日のことのように忍び寄る。

叔母は栞里の手を奪うように取り、指先を眺《なが》めた。ピアノを思いっきり弾ける間にと熱中したせいで、指のまわりはひょう疽《そ》で赤くむくんでいる。

形のいい叔母の眉がくっと上がり、

「これで、このみっともない指ともさよならね。きれいに整えてジェルネイルをしましょう。あなた、いつでも深爪なんだもの」

と満足そうに頷《うなず》いた。

「……鍵盤に当たるので、深爪がよかったんです」

爪が長いと鍵盤に当たる。そのため、爪は白いところも残さないくらいに深爪にしていた。鍵盤に爪が当たり不要な音がするだけではなく、曲によっては弾きにくいためだ。爪切りではなく、金属のヤスリで整えていた。

そのことを、叔母がよく思っていないことは知っていた。いつでも叔母は、手足ともにネイルアートを施していて、美しいからだ。

「本当にみすぼらしいわね」

「すみません……」

「櫻庭《さくらば》のお宅にご挨拶に行くまでに伸びるかしら」

「櫻庭……?」

栞里が思わず漏《も》らすと、叔母にぎっと睨《にら》まれてしまった。

「きれいになさいね。爪もちゃんと伸ばしてネイルをして。そうしたら、少しは見られるようになるでしょう」

「ええと……」

「察しが悪いわね。あなたの進路が決まったのよ」

「……会社に入るのではないのですか……？」

ピアノは大学卒業と同時に辞めるという約束になっていた。その代わり、音大を卒業したあと、会社で事務をすることになっていたはずだ。

首を傾《かし》げた栞里に、叔母は「はぁ」と冷たい息を漏らした。

「櫻庭さんの息子さんが、栞里ちゃんをもらってくださることになったわ」

「え……？　結婚……ですか？」

栞里の家は、井沢飲料という清涼飲料水の製造・販売メーカーの創業者一族だ。一人娘だったので、会社を継ぐ立場には栞里しかいない。

一方告げられた櫻庭家は、櫻庭グローサリーという大企業のトップでもある。

（……井沢の家は……どうなるの？）

「あそこの息子さんは、櫻庭グローサリーの次期社長よ」

「……どうして……私なんて」

「さあ？　でも、栞里ちゃんがいいって向こうからわざわざお話をくださったのよ、いいお話よね」

乾杯、と叔母は笑いながら、傍《かたわ》らでにこにこ話を聞いていた叔父とグラスを合わせる。こちらにもグラスを向けるので、グラスを持っていない栞里は曖昧《あいまい》に頷く。

(知らなかった……自分に縁談がきていたなんて……？　どうして……？)

「安心ね。お金ばかりかかるピアノしかしてこなかった、世間知らずの栞里ちゃんをもらってくださるなんて」

「……今までピアノを続けることができて、感謝しています」

「ええ、そうよ、お金がかかるだけで儲《もう》かりもしないピアノよりも、櫻庭さんのお宅のお嫁に行く方がうんといいに決まってますからね。あなたにも、私たちにも」

私たちにも？

一瞬、心が引っかかったが、それ以上問いかけることが難しかった。答えてもらえるか分からないし、それよりも結婚することが不安だった。

「……私で務まるのでしょうか」

会社なら指導役がいる。その人について仕事を教えてくれるだろう。ピアノの先生と同じだ。

だが、結婚は？

そろそろと叔母を見た。

叔母はにこにこと上機嫌に笑っている。

「そうね、栞里ちゃんは、本当に何も知らない子だから、粗相のないようにしないとね。ピアノが多少弾けるからって、世間知らずなんですから」

そのとおりだ。

栞里は情けなくてうなだれた。

今までは困ったら叔母に聞けばよかった……。でも、この先は？　結婚して、井沢の家を離れたそのあとは？

「……心細いです」

「まぁ、随分と子どものようなことを言うのね。ふふ……でも、そうね、栞里ちゃん。あたしたちの恥にならないように、きちんと励んでちょうだいね」

叔母は笑った。

「かわいそうな、何もできない栞里ちゃんでも、お嫁にくらいはいけるでしょう？」

♪～♪～♪～♪～♪

櫻庭家との顔合わせは、都内の有名なホテルで行われた。

広い和風の庭園があるそこは、両親が存命だった頃、よくお茶や食事に訪れた懐かしい場所だったが、栞里の心は重い。

四季折々の表情を見せる庭園は、桜の花がほころびはじめていた。

「外に出ますか？」

「え？」

低く張りのある声にそう呼びかけられて、自分がぼうっと外を見ていたことにようやく気がついた。

ホテルのレストランの個室では、二家族が揃《そろ》って、テーブル越しに相対している。

（い、いけない……顔合わせの途中だったのに）

さあっと血の気が引いた。

慌てて俯《うつむ》いた横顔に、叔母の視線が刺さるようだ。

縁談の席で窓の外を眺めていたなんて、失礼極まりない。

叔母がテーブルの下で栞里の足を、軽く叩いた。びくりと体が跳ねそうになるが、こらえる。

しつけもできていないと思われて、恥をかくのは叔母だ。

すでに窓の外をぼうっと見ていたという失態を演じているのに、さらなる失態は避《さ》けたい。

「……外に出ますか、栞里さん」

今一度、同じ言葉がかけられた。

「栞里ちゃん、呼ばれていますよ」

叔母が返事をする許可をくれた。

テーブル越しにいるのは、櫻庭暁彦《あきひこ》――結婚を申し出てくれた櫻庭家の跡取りと、その両親だ。

知らない仲ではない。むしろこの間、演奏会で顔を合わせたばかりだ。

会心の演奏ができたあの演奏会に、彼は来てくれていた。

見慣れたスリーピースではなく、紺色の和装だが、それもとてもよく似合っていた。

暁彦は八歳年上ということもあり、落ち着きのない自分に恥じ入ることしかできなかった。

「……その……すみません」

「謝ることはありません。この庭園は有名ですし、こういう場は『あとは若いふたりに任せて』という便利な言葉があるくらいですから」

仲人がいれば、確かにそういう運びになったかもしれない。

今回の結婚に仲人は立っていなかった。媒酌人は櫻庭の人間が行うと聞いているので、結婚式までは、あくまで櫻庭家と井沢家の間で話は進んでいく。

どうあっても、栞里はお任せするしかない。何も知らないのだから。

暁彦が席を立って、テーブルの向こうからこちらへ歩いてくる。

「行きましょうか、栞里さん。庭園は美しいですよ」

「え……と、その……」

まごついた栞里に、そっと手を差し伸べてくれる。表情はほとんど変わっていなかったが、その目は優しく細められている。

「……はい」

栞里は暁彦の手を取った。すっぽりと包み込まれそうなほど、大きな手。そのぬくもりに、ほっと息をついた。

叔母から何か言われるかと思ったが、和やかに送り出してくれた。

「足元、注意してくださいね」

「ありがとうございます」

エスコートされながら、レストランから続く庭園に出た。段差の度に注意を促してくれて、栞里も焦ることなく歩くことできた。

こうして顔を合わせるのは、随分と久しぶりのような気がする。

演奏会では、栞里はあくまで壇上にいて、演奏後の独特の高揚感の中に存在している。そうではなく、暁彦と人間と人間としてこう向き合ったのはいつが最後だっただろうか。

「どうかしましたか？」

穏やかで囁《ささや》くような声で尋ねられた。

慌てて首を振る。

「いえ……。ただ、こうしてお会いするのは久しぶりだなぁと思って」

「ああ、そうですね。昔は教室で交流できましたが、わたしが辞めてから、言葉を交わす機会はほとんどありませんでしたね」

懐かしそうに暁彦が目を細める。その視線を追えば、少し離れた桜の木を眺めていた。

「……きれいですね」

「ええ」

膨らみはじめた桜の蕾《つぼみ》が、淡い色に澄んだ空に浮かぶようで。

同時に、暁彦の醸し出す雰囲気に馴染《なじ》んでいく自分を感じていた。

栞里はピアノ、暁彦はチェロと、楽器こそ違ったが同じ音楽教室に通っていたので、子どもの頃は毎週顔を合わせていた。

ただ、あまり口数が多い方ではなかった暁彦と八つ下の栞里は、音楽を除けば共通の話題がなかった。

それでも、彼が作り出す空気感は心地よかった。

お互いに黙って並び立つと、まるで時間が巻き戻ったようだ。

(あのときと同じ……とても優しい沈黙……)

風がさあっと吹く。

「今でもチェロは続けていらっしゃるんですか?」

「趣味程度です。といってもここ数年は月に一度弾ければいい方ですね……仕事に追われてしまっています」

「……まぁ、そうでしたか」

いけないことを聞いてしまったかもしれない。

教室で会っていたのは栞里が小学生の頃だ。彼は高校生になるかならないかくらいで、学生服を着ていたのを覚えている。

「楽しかったですね、一緒に演奏したこともありましたっけ」

空き時間によく面倒を見てくれていた。自由にピアノを弾く栞里に合わせて、チェロで伴奏してくれた。

思えば、あの時間はとても楽しかった。

心からピアノを楽しみ、ただ奏でることだけが許された時間だったのだから、当たり前かもしれない。

栞里はすでにコンクールに出場していたので、レッスン中は楽譜をいかに解釈し、聴衆や審査員にどう届けるかに集中していた。先生や周囲の大人たちもそれを求めたので、そうではない演奏をできる場所は限られていた。

そんな栞里が、子どもらしく過ごせないことに心を痛めてくれていたのだと、今なら分かる。とても優しい人なのだ。

「あのときも確かに楽しかったですが、そのあと、あなたはコンクールでどんどん受賞して……誇《ほこ》らしかったですよ。友人たちに自慢しました、この子と一緒に演奏していたんだと」

「そんな……ありがとうございます」

暁彦の言葉に、栞里は胸の前で小さく両手を振った。

「いつもお花を届けてくださっていたでしょう？　ステージに渡しに来れない会場のときは楽屋付けにしてくださって」

「……気付いていらっしゃいましたか」

彼は首の後ろに手を当てて、軽くさすっている。

「ええ。とても品のいい、季節のブーケを楽屋に届けてくださって、いつも楽しみにしてました。ちゃんとお礼をしたことがありませんでしたよね」

「お礼状をくださっていたじゃないですか。十分ですよ」

「あれは母がお手本を作ってくれて……そのとおりに書いたものなので。直接、気持ちをお伝えしたかったんです」

母が存命だった頃は、お礼状の下書きをしてくれた。その文面を見て、便せんを選び、心を込めてお礼状を書いていた。

ここ近年は母の残してくれた下書きを見て、いろいろ組み合わせて書いていたが、今は亡き母との絆《きずな》を思い出せる大事な時間だった。

そういう意味でも、重ね重ね彼には感謝している。

「ずっと私を応援してくださって、ありがとうございました。これからは、櫻庭家の力になれるよう、精いっぱい励みます」

深く深く、体を折るようにして頭を下げた。振り袖が庭園の地面についてしまいそうだったが、気にならなかった。

これからの人生は櫻庭の家に尽くさなくてはいけない。ピアノしか知らなかった世間知らずを迎え入れてくれるのだから。

「顔を上げてください、栞里さん」

暁彦は腰をかがめ、栞里の手を取って体を起こさせた。

「あなたがそんな風に頭を下げる理由はありません。お花を贈ったのはわたしの意思ですし、今回の縁談だって……」

言いかけて彼が黙り込んだ。

「どうしましたか？」

栞里は恐る恐る質問する。

彼は目を見開いて、栞里の手をまじまじと見つめていたのだ。

「……爪」

「爪」

栞里はそのまま、繰り返した。

桜をモチーフにした、ぷっくりとつやつやしたジェルネイルを見下ろして、暁彦は何度かまばたきしていた。

卒業式から一週間も経っていないので、結局深爪のままジェルで長出しをして、叔母の選んだデザインをしてもらった。

正直言って違和感しかない。なので、できる限り隠していた。

ピアノをはじめてから爪を伸ばしたことはないし、マニキュアも塗ったことがないのだから、慣れないのは当然だ。

「……似合いませんよね。叔母さまがみっともないから、せめてきれいにした方がいいとネイルサロンに連れていってくれたのですが……、爪が短いので、なんだか変です」

「似合っていますよ」

暁彦は即答してくれたけれど、まだ難しい顔をしている。

「――……でも、あなたがネイルアートをしたいと考えたのですか？」

栞里は、自分の爪を見た。

ネイルアートはきれいだとは思う。淡いピンク色のワントーンネイルの上に、親指から連続して風に舞う桜の花びらが一枚一枚、手書きで描かれている。

「……私は深爪で、指先も荒れやすくて……みっともなかったので」

「みっともなくなんてない」

その声は低く力を持った。握られた手に力を込められて、栞里はどきりとする。

「あなたの爪が短かったのは誰よりも鍵盤を叩いたからです。その指先がみっともないわけなんてありません」

「……暁彦さん」

「あなたは、このネイルアートを、したかったのですか？」

文節ごとに区切るようにして、ゆっくりと尋ねられた。

栞里は、自分の意見を言わないようにして過ごしてきた。

何も知らなかったせいで、ピアノしかしていなかったせいで両親を失ったのだ。

これ以上、失敗してはいけない。教えられたとおりに生きないと、もっとひどいことが起きてしまうかもしれない。

でも、彼は『栞里の言葉』を聞きたがっている。

栞里の夫となる人だ、真摯《しんし》に応えるべきではないのだろうか。

勇気を出して、栞里は正直に口を開いた。

「……ピアノを弾くのにネイルアートはいりません。音の響きも変わってしまいます」

「じゃあ、なぜ？」

「私は……ピアノしかやってこなかったので……人並みにするのは、いろいろ苦労があるみたいで……」

晩彦は、ぐっと眉を寄せて黙り込んだ。

「……すみません、気を悪くさせましたか」

「いえ」

否定の言葉を口にしたものの、表情は硬いままだった。

「あの……？」

「ピアノをこの指で弾けますか？」

胸の奥が、ぎゅっと軋《きし》んだ。弱々しく首を振る。

「弾けません。物理的には弾けるとは思います、指はありますから。ですが、この爪で同じように鍵盤を叩くことはとても難しいでしょう」

「あなたの叔母が、こんなことを？」

彼の声は低く、冷たく響いた。

あまりにも強く手を握られて、痛みに反射的に体がすくんでしまった。

はっと晩彦は手を離した。

「すみません……怖がらせるつもりはなかったのですが。……あなたは最近、ピアノに触れましたか？」

——ああ、よかった、もう大学も卒業したんですから、あなたのお遊びに付き合うこともないのね。

──ピアノがなんだっていうのかしら、お金ばっかりかかって、習い事にしては無駄ばかりじゃない？　お義姉さんったら、見栄を張ったのね。庶民の出の方だったから、きっと肩身が狭かったのね。

──栞里ちゃん、本当はもっといろんなことをすべきだったのよ。ピアノの前に座っているだけではなくね。

叔母の言葉が耳の奥でずっと回っている。

ピアノ。

ピアノに最後に触れたのはいつだろう。

ずっと慣れ親しんだ感触、響き。

栞里の世界の中心だった、美しい楽器。

「母校の卒業生演奏会も出ませんね、名前がありませんでした。……ここ数年は日本以外の国際コンクールにも参加していなかった……。あなたなら入賞できるのに」

「……だからこそ、席を誰かに譲るべきだと。これ以上賞状やメダルが増えても、なんにもならないから」

「あなたが考えたんですか？」

どんどん険しくなる彼の声に、栞里はただ首を振る。

「――目を離すべきではなかった……、もっと早くに気付くべきだった……」

低く小さくつぶやいた声を、聞き取れなかった。

暁彦は栞里の手を両手で包むように握り直し、真剣に語りかけてくれる。

「栞里さん。あなたに話しておきたいことがいくつかあります」

「はい、なんでしょうか……」

「まず、この縁談ははじめ、わたしではない人間にもちかけられていました。あまり評判のいい男ではなく、人伝で聞いたとき、大変驚きました」

「暁彦さん以外にも、候補の方がいたんですか?」

「ええ……理由は簡単です、その相手は金融関連の人間でした」

言われていることが、いまいち理解できない。

評判の悪い男、金融機関、自分自身の縁談。

ぽかんとしていると、暁彦が淡々と言葉を続ける。

「ここ数年で、井沢飲料の経営状態が悪化していることはご存じでしたか?」

「……え……?」

「年々経営が悪化していて、株価にも影響が出てきました。あなたのご両親が健在だった頃からすると半分程度になっています」

経営に明るいわけではない。でも、想像はできる。

株価が半分になるなんて、よほどのことだ。

井沢飲料自体は歴史ある企業で、全国に支社もあれば従業員もいる。少なくとも数千人規模のはずだ。

株価が下がったのは近年、両親が死んだあと――つまり、叔母夫妻が経営者になってから、ということだ。

「そんな……」

両親の死後、遺産や株式などはすべて後見人である叔母が代わりに管理してくれている。栞里には親権者が必要で、祖父母が亡くなっていたために一番親等が近かった叔母が後見人となったのだ。

知らされたところで分かることは少なかったかもしれないが、すべてにおいて蚊帳《かや》の外にいた。

栞里がピアノを弾いていた間、何が起きていたのか、何も分からない。

「あなたは、井沢飲料の正統な後継者のはずです」

「す、すみません。何も知らずにいて」

「あなたは、どうしてそこまで自分を卑下《ひげ》するようになったのですか？」

「あ……その……ええと……」

卑下しているのだろうか。世間知らずなのだから、謝るのは当然のことではないか。

どう答えていいか分からない。まごまごとしてしまった栞里の指先を、暁彦がそっとさすった。

ネイルアートの施された指先は、美しいが違和感しかない。こんな風に彼が触れてくれても、まるで自分のものではないようだ。

でも、叔母は言うのだ、この爪が『普通』なのだ。みすぼらしくない、恥ずかしくない印だと。

（違う……。暁彦さんは爪を撫《な》でてるんじゃない……爪の横を撫でているんだ……）

爪と肉の際《きわ》をなぞる指先は、慈しみに溢《あふ》れていた。ほんの数週間前まで、ピアノの弾きすぎで起きたひょう疽で真っ赤になっていたそこを。

あの痛みが妙に懐かしい。

卒業するまで、とりつかれたように弾いた。

四月末に開かれる卒業生披露演奏会の参加は辞退したものの、レッスン室を押さえられるだけ押さえて、ピアノに没頭した。

卒業披露演奏会のエントリーさえ、叔母は許さなかった。そんなことをしてなんになるのかと、社会に出るのだから過去の栄光に縋《すが》るような真似《まね》はやめろと。

もうピアノと真剣に向かい合うことはできなくなる。数日弾かないだけで錆《さ》び付くこの指は、このまま動かなくなる。

だから、諦めきれるように懸命に鍵盤を叩いた。

そうしてできたひょう疽も、もう治った。すっかり普通の指だ。

栞里は手を引こうとしたが、暁彦は強く握り返す。

真剣そのもののまなざしで——怖いくらい真っ直《まっす》ぐな目で——栞里に告げた。

「あなたが不当に奪われたすべてを奪い返します、会社も、あなたの心も」

「私の、心？」

「あなたは、本当は自分の足でしっかりと立てる人だ。なのに今は、その力すらも奪われているように見えます」

「その……」

「あなたがまた自分の人生を選べるように、わたしが手を貸しましょう。ピアノの道に戻ることを選択してもいい、会社の経営を学びたいのならそういう指導環境も整えます」

暁彦の声音はどこまでも真摯だ。からかっている様子もない。

だからこそ、栞里は戸惑ってしまった。

どうして。

経営難が真実だとすれば、会社まで助けて、どうして栞里まで。親戚でも、なんでもないただの他人でしかないのに。

「そんなことまでしていただくわけには……！」

「ここでわたしを選ばなければ、あなたは見ず知らずの人間と結婚しなくてはなりません。

ピアノも弾けず、会社のことも深くは知らされず、何も変わらないままだ」

どくん、どくん、と心臓が脈打った。

きれいな人だ。

こんな風に真っ直ぐに栞里の目を見て、心配してくれた人がいただろうか。

両親を突然失い、扱いきれないほどの財を得た。そのことであまりにも多くのことが知らない間に変わっていった気がする。

(……私は、昔は違ったの……?)

もう思い出せそうにない。

彼が確信を持って語る『栞里』が、本当に自分なのか分からない。

「……分からないんです、どうして、暁彦さんがそんなに親身になってくださるのか……」

「あなたのピアノが好きだからです。あなたのピアノの音色に何度救われたか……だから、わたしは、あなたの力になりたいんです」

「私のピアノが、好き」

「はい」

短く、はっきりと暁彦が言った。

心臓が速く強く打ち、じんわりと目尻に涙が浮かんだ。

栞里のピアノをいつも聞きに来てくれた。ずっとずっと、見守っててくれていた。

「わたしと結婚してください。あなたの人生のために」

「はい、よろしくお願いいたします」

これが幸福なのだろうか。

よく分からなかった。ただ、聞いたことのないような拍子を刻む心臓と手のひらの熱を持て余しながら、栞里は暁彦を見上げていた。

栞里の人生を、生きるために。

（……この人と歩いて行く……）

その決意は、すうっと胸の奥に染みこんでいった。

第二章　場違いなのかもしれません

暁彦《あきひこ》のプロポーズを受け入れたことによって、大きく事態は動きはじめた。

十時ちょうどに来客を告げるチャイムが鳴り、内線で呼び出された。栞里《しおり》はそのとき部屋で本を読んでいたが、急いで読みかけの本にスピンを挟んで閉じ、自室から出た。

叔母が内線をかけてきたときは、一分以内にリビングに行かないといけない。

みっともないから、走ってもいけない。

気をつけなくては、迷惑がかかることはたくさんある。

――いやね、お義姉《ねえ》さん、ピアノ以外はちゃんとしつけもしなかったのかしら。

高校生の頃、寝坊して家の中を小走りで移動したとき、叔母が冷たい声で言い放ったことを覚えている。

それから、何か栞里が粗相をすると「お義姉さんは何を考えていたのかしら」と叔母は呆《あき》れかえり、行儀をわきまえるまで徹底的に無視をするようになった。

――栞里ちゃんは井沢《いざわ》の家の人間なのに、その母親はしつけができない。だって、庶民だから。

叔母はいつもそう言った。

確かに母は一般家庭の出身だ。両親が存命の頃、さしてそのことは問題にならなかったが、今では違う。

栞里は、母の血を継いだ『異物』だ。

母は優しい人だった。確かにきつく叱《しか》られることはなかったかもしれない。何より子どもの頃の記憶はピアノに偏っていて、自分自身もよく覚えていない。

でも、自分のせいで母が悪く言われることはいやだった。

両親はもういない。後見人である叔母しか頼れない。なのに、栞里の行動ひとつで叔母と両親の中に見えない亀裂が入っていくのだ。

栞里は自分を律した。叔母の期待に応えるために。

リビングの扉からは、温かな照明の光と、話し声が漏《も》れていた。

「お待たせしました。叔母さま」

そう言いながら、リビングの扉を開けた。

話し声が止まる。

リビングのソファには、叔母夫妻と、見知らぬ六十代くらいのお仕着せの男性。そして、彼がいた。

「……暁彦さん……」

「こんにちは、栞里さん。昨日ぶりですね」

「え、ええ……」

ツイードの上下を身につけた暁彦は、品よく微笑《ほほえ》んだ。

「もう準備はお済みですか？」

「じゅ、準備……？」

「はい、準備です」

暁彦は一体なんの話をしているのだろう。

準備？

昨日の会話を思い出す。

お見合いの席では、実際に縁談を進めることになった話をしたくらいで、今日、何か約束をした覚えはない。

叔母はゴホンと咳払いをした。

「ごめんなさいね、暁彦さん。この子、グズグズした子で、抜けているところがありましてね。お義姉さんが天然……っていうのかしらね、そういうところが親に似たんでしょう」

「す、すみません、叔母さま。あの、準備って……」

「何言っているの。櫻庭《さくらば》のお宅に引っ越すのよ」

驚きが態度に出そうになって、なんとかこらえた。

櫻庭のお宅に引っ越す……誰がなんて考えなくても分かる。

自分が、だろう。

だが、なぜ？

昨日縁談はまとまったばかりで、何もかもこれからはじまるはずだ。

反応しない栞里に冷めた一瞥《いちべつ》を送ってから、叔母は暁彦ににこやかな表情で向き直った。

「この子、ピアノしか取り柄《え》がないので、厳しくしつけてくださいな」

「よろしくお願いいたします」

自分のことだ、急いで頭を下げた。

誰かがソファから立ち上がる音がして、足音が近づいてきた。頭を下げて床ばかりの視界に、スリッパとツイードのスラックスが入り込んだ。

暁彦だ。

「栞里さん、顔を上げてください」

彼は昨日と同じように、そっと手を取って体を起こさせた。

「これは、いわばわたしのお願いだったんです。櫻庭家自体が古い家で、いろいろ馴染《なじ》むまで時間がかかるでしょうから、縁談が決まったのならお引っ越し願いたいとお伝えしていました」

「そうだったんですね」

　初耳だった。

　だが、そもそも経営が悪化したことも知らなければ、縁談の存在自体もぎりぎりまで知らされなかった。

　縁談の先に引っ越しが条件にあったとしても、叔母からすれば栞里が従わないとは思っていない。言葉ひとつで動くことを知っているのだから。

　話があったかどうかは関係ない。栞里は言われたところに行くしかないのだ。

「すぐに支度をして参ります」

「手回り品だけで十分でしょう。必要なものはこちらで用意しますから」

「栞里ちゃん。お待たせしてはいけないわ。すぐにご用意しましょうね」

　叔母はきれいに化粧をした唇をくっと三日月のようにして、命じた。


　栞里の嫁ぎ先である暁彦の生家、櫻庭グローサリーは、総合商社だ。

　江戸《えど》時代の元禄《げんろく》期に開業した歴史ある呉服店である、櫻庭屋呉服店が前身となっている。

　明治《めいじ》以降は和服だけでは時代から取り残されると、洋服や西洋家具などの舶来品の貿易業に大きく舵《かじ》を切り、現在の総合商社の形をつくった。

　一族の結束は強く、令和《れいわ》の現在でもグループ企業のトップは親族で固めている。

櫻庭邸は渋谷《しぶや》の一等地にあり、大正期《たいしょう》に建てられた和洋折衷の洋館だった。

栞里たちを乗せた車は、渋谷の繁華街を抜け、閑静な住宅街をさらに進む。

周囲からは高い塀で囲まれて中の様子がうかがい知れないそこが、櫻庭家の本邸だった。

門を抜けると、大きな芝生と西洋式の庭が目に飛び込んできた。

(……す、すごい……)

井沢の家は、元は武家屋敷だった。両親はその屋敷を解体してマンションを建て、その最上階を住まいとした。そこが実家だ。大きなベランダはあるが、庭はない。

櫻庭邸の庭園は美しい芝生が敷かれ、左右対称にブロック分けされた区画にはさまざまな花々と低い高さの生け垣が巡らされている。両端には花の盛りを待つ桜並木が並んでいた。

一斉に咲き誇《ほこ》ったら、さぞや壮観だろう。

時期らしく水仙《すいせん》の鮮《あざ》やかな黄色が、周囲の緑の中で際立って見える。

「秋になるともっと華やかですよ」

暁彦の声に、はっと我に返った。

車窓に自分のおでこのあとがつくほどに身を乗り出して庭園を見ていたのだ。

「す、すみません……あまりにお庭がきれいだったので……」

「ありがとうございます。管理している者も喜ぶでしょう」

前髪をさっと直しながら、座り直す。

不作法に叱責《しっせき》のひとつもあるかと思って身構えたが、隣に腰掛けた暁彦は不思議そうに首を傾げた。

真《ま》っ直《す》ぐな黒髪がさらりと流れる。彼はメガネのブリッジを押し上げてから、何度かまばたきをした。

表情が変わっていないので、何を考えているかいまいち分からない。

それでも、栞里は失敗はしていないようだ、少し安堵《あんど》する。

「中庭もありますよ。そこは家族だけの庭園なので、小さいですが……きっと気に入ってくださると思います」

「そうなんですね。きっとおきれいでしょうね。あとでお写真を見せていただけますか？」

「……写真？」

「す、すみません……、図々《ずうずう》しかったですね……ご家族だけのお庭なのに」

「あなたはわたしと結婚して、『櫻庭』になるのですよ。あなたの中庭でもあります」

「……あなたの中庭」

繰り返して、その響きを反芻《はんすう》する。

栞里の中庭。

自分の部屋こそあるものの、ここ数年、栞里は家の中では息を潜めるように生活していた。

防音室はなく、家でできるピアノの練習といえば楽譜の解釈くらいだった。あとは鍵盤表での運指の練習だ。

あの家は栞里の生まれ育った家なのに、『叔母の家』というイメージがあった。栞里はあくまでも間借りしているような気がしていた。

かつてあった防音室は、修学旅行から帰ってきたときには改築され、叔母たちが使うトレーニングルームになっていた。同じように家具の類《たぐい》も、両親が好んだものから叔母夫妻の好むものにすげ替えられた。

両親と住んでいた家とは、まるで別物だ。

「中庭だけではなく、家の中はすべてご案内しましょう。あなたに見ていただきたいものは、たくさんありますから」

暁彦はゆっくりと諭すように栞里に言った。

たくさん、たくさん。その言葉の響きに、胸がふわりと軽くなるような心地がした。

「ありがとうございます。よろしくお願いいたします」

「家族を紹介します。みんな、あなたに会えることを楽しみにしていますよ」

洋館の前の車寄せのスペースには、遠目から見ても、何人もの人が並んでいるのが見えた。二十人以上いるだろう。

お仕着せの使用人たちは、乗った車が近づくと一斉に頭を下げた。その様子に、さらに戸惑いが大きくなる。

家の規模の違いを頭では理解していたが、こうして体感するとやはり驚くものがある。圧倒されてしまった。

（昨日、縁談が決まったのに、まるで随分前から準備されていたみたい……）

家を出るとき、手持ちの中で一番高価なワンピースを選んだが、それでも落ち着かない気持ちになって、カーディガンの裾を軽く握った。

——栞里ちゃん、あなたは世間知らずなんだから、櫻庭のみなさまの言うことに決して逆らってはいけませんよ。粗相のないようにね。井沢の家はそんなことも教えなかったのかと、恥をかかせないでちょうだい。

——分からないなら、無駄な口を開かずに、静かになさいね。空気を悪くするくらいなら、あなたは黙っていた方がきっといいわ。

家を出るとき、叔母はそう耳打ちした。

栞里のボストンバッグひとつと、海外旅行用のキャリーケースひとつだけの荷物を受け取りながら、叔母からのその言葉を心に深く刻み込んだ。

（暁彦さんとは音楽教室で面識があったけれど、ご家族はほとんどお会いしたこともないし……粗相のないようにしないと……叔母さまの言うとおり、おとなしく、静かに……）

「あなたの荷物は栞里さんの部屋に運ばせておきます。さぁ、中に」

「あ、はい……ありがとうございます」

晩彦に促され、玄関ホールに足を踏み入れた。

扉は開け放たれ、その中に品のいい家族が立っていた。

晩彦によく似た壮年の男性と、おっとりと微笑む小柄な中年女性は晩彦の両親だ。もうひとりの大きくくるみのような目をして、みずみずしい肌をした女性は晩彦の妹だ。

彼らは穏やかに微笑んでいた。

「いらっしゃい、栞里さん。すまないね、うちの息子が無理を言って、こちらに来てもらうのを早めてもらって」

張りのある美しいテノールの声で、晩彦の父が栞里に言った。

「とんでもないです、こちらこそご迷惑をおかけいたします。ふつつか者ですが、よろしくお願いいたします。井沢栞里です」

「父の雅秋《まさあき》です。こちらは妻の君子《きみこ》、娘の千春《ちはる》。君の家族になる、よろしくね」

それぞれに私が頭を下げようとしたとき、晩彦さんの手が体を押しとどめた。

「頭を下げなくていいんですよ、栞里さん」

おずおずと顔を上げて、晩彦さんを見た。

（……ここで聞き返しても、変に何か言っても、おかしく思われるかもしれない……）

場をわきまえることは、とても難しい。

そのとき、義母が微笑みながら、ぱちんと両手を胸の前で合わせた。緩く巻いた長い髪を片側で結び垂らしている姿は、ワンピースも含めて可愛《かわい》らしい。

「お部屋に案内して差し上げて、暁彦。あまりにもいきなりだったもの、きっと疲れているわよ。……ごめんなさいね、この子、全然女性慣れしていないから……、意地悪されたら、私か千春に言ってね」

「暁彦さんは意地悪なんてしないと思います」

「まぁ……！　なんていい子なの！」

「母さん、栞里さんが呆れるだろう。あんまりはじめからはしゃがないでくれ」

暁彦さんはため息をつきながら、自分の母親に首を振った。

「ふふふ。一番はしゃいでるのは、私かしら？」

「母さんっ」

少し強めに彼が声を出した。

その声に私は驚いたけれど、直接鋭《するど》く呼ばれたはずの義母はしれっとしていた。

「あら、かわいそうに、栞里さんが驚いちゃっているじゃない。あなた、自分がどんどん背が伸びて嘘《うそ》みたいに高いことを忘れているわね……もう……ただでさえ低い声をしていて、突然話しかけられると驚くくらいなのよ、忘れないで？」

「分かったよ」

縁談の席では、ずっと微笑んで静かに食事をしていただけの義母が、こんな風に家族をしっかりと統率している姿に驚いた。

それに……彼自身も砕けた口調で話しているし、困惑顔とはいえ表情もいつもより変化している。

私の前での敬語と態度もいつか、こういう風に変わっていくのだろうか。

「ふふ……」

家族の温かさに、自然と笑みが零れた。

暁彦さんと義母のやりとりは、あまりに愛らしい。背が高く見栄えのする彼が、少女めいた純真な笑みを浮かべた義母にやりこめられている。

昨日のかしこまった席からは想像のできない姿だ。

「お母さん。お義姉さんの前でちぃ兄をいじめると、威厳が台無しになっちゃうんじゃない？まだ格好付けていたいでしょ？」

千春が快活に笑って口を挟む。華やかな美女だ。父親からは美貌を、母親からはにこやかさを受け継いだ彼女は、同性から見ても惚《ほ》れ惚《ぼ》れするようなプロポーションをしていた。

大きめのサイズのパーカーの下に、ショートパンツを穿《は》いている千春は、すらりとした長い足をしていた。健康的で華やかな印象があり、少しもいやらしさがなかった。

いつも叔母が用意する丈の長いワンピースばかりなので、その格好は眩《まぶ》しいほどだ。

「あの、ありがとうございます。たくさんお気遣いいただいて嬉《うれ》しいです。暁彦さんはとてもよくしてくださっています……といっても、昨日久しぶりにお会いしたばかりですけれど」

「そぉ？　そう言ってもらえると親としては嬉しいけれど、この子、女っ気が本当にな」

「母さん、いい加減にしてくれ」

義母の言葉を遮《さえぎ》り、暁彦が首を振る。

「栞里さん、行きましょう。お部屋にご案内しますね」

「お部屋」

「ええ、ここにいては何を言われるか分かったものではありませんから」

暁彦は、さぁと栞里を歩くように促す。

昨日もそうだが、最低限の接触以上に栞里に触れようとしない。

栞里は暁彦に頷《うなず》いて見せて、ゆっくりと歩きはじめた。

櫻庭邸は庭園に面した洋館で、玄関から左右に伸びた廊下に沿って左右対称に作られている。

栞里の部屋と案内された一室は、南向きのきれいな部屋だった。

「わぁ……」

庭園を臨む出窓があり、そのすぐそばに机が置かれている。全体的に白い家具で統一され、ベッドには天蓋《てんがい》がついていた。ペールグリーンの壁の天井には、アイシングのような漆喰《しっくい》の装飾が施されている。

そして、何より……部屋の隅にグランドピアノがあった。

栞里は思わず、ふらふらと吸い寄せられるようにそちらに近づいていった。

ああ、この曲線、この優美な光る黒い体。

栞里が人生をかけて取り組んできた楽器だ。

「調律も済んでいますよ」

「これ……新品ですよね」

「はい、我が家にはピアノはなかったので用意しました。防音室のしつらえがないので、部屋に置かせてもらいましたが、もし屋敷の中でほかに置きたい場所があったら、遠慮なくお伝えください。場所を変えさせます」

暁彦は当然のように言う。

ピアノは調律が必要な楽器だ。筐体《きょうたい》は木製なので、湿度や気温の変化で中の弦は変わってしまうのだ。バイオリンなどの小型な弦楽器であれば、奏者自身が演奏の度に調律することができるが、ピアノは構造的にそれができない。

調律師を呼ばなくてはならない。ピアノを用意し、この部屋の主となる栞里のために調律してくれたのだ……栞里のためだけに。

「お弾きになりますか？」

「弾けませんっ」

反射的に返事をして、栞里は自分の声の鋭さに驚いた。

暁彦も驚いたのか、微《かす》かに身を強ばらせた。

――栞里ちゃん、もう大人になるんですから。子どものようにピアノばかりをやっていてはいけませんよ。

――あなたはほかに何もできないんだから、人並みになる努力をしなくちゃね。

（人並みに……普通の奥さんらしく……）

ピアノだけではいけないのだ。この先の未来は、夢のような青春時代は終わったのだから。

「ああ、失礼しました。爪がそのままでしたね」

「あ、はい」

「ネイリストを手配します。落ち着かないでしょう、長い間深爪だったのなら。もしわたしが爪を伸ばしたら、仕事中にいろんなところにぶつけて折ってしまいそうです」

昨日の縁談のときの、あの長い爪のままだ。ネイルアートをしようとしたことさえなかったので、このあとどうやってこの爪を外すのかも分かっていない。インターネットで軽くネイルサロンを検索したけれど、いまいち分からなかった。

皿やカトラリーに当たって不快な音を立てたり、ものを取ろうとして目測を誤って突き指しかけたりしている。

きれいだけれど、長い爪は不便だ。

「爪がない方が、暁彦さんはお好きですか？」

「……わたしはどちらでも構いませんよ。ただ、あなたがピアノに触れられないのなら、ない方がいいのでは……と思います」

「はぁ……」

「あなたの指は細くて長いので、そのネイルアートはとても似合っていると思います。ですが……やはり、わたしはあなたの奏でるピアノの音より美しいものを知りません」

胸がぎゅうと軋《きし》んだ。罪悪感が栞里の胸を締め付ける。

もうピアノだけではいけないと、叔母にあれだけきつく言われていたのに、グランドピアノを見た瞬間に頭の中にはたくさんの曲が思い浮かび、その音色を聞きたくなった。

暁彦が爪より栞里の奏でるピアノの音が好きだという言葉は、ひび割れた大地に水が染みこむように栞里の中に溶け込んだ。

だからこそ、苦しい。

ちゃんとしないといけないのに、ピアノへの未練が高まっていく。

——ほかに何ができるの？　栞里ちゃん。

——何をするっていうの、このあと。

私の人生はもう新しい世界に踏み出さないといけない。

栞里は自分の中に、未だ巣くうピアノへの感情に困惑し、心底怯《おび》えていた。


♪～♪～♪～♪～♪


ここ数年で、彼女がひどく変わってしまったということに、暁彦自身も気付いていた。

きっかけは、間違いなくあまりにも早い両親の逝去に違いがなかった。

十五歳、国内最高峰のコンクールでの最終日、娘の晴れ舞台に駆けつける途中での事故死は、周囲への影響も大きかった。

井沢飲料の現役社長の突然の死による会社の混乱は、栞里の後見人となった叔母がトップに就任するまで続いていた。社長の右腕の男性であった副社長がそのまま繰り上がると考えていたが、新社長就任と同時に退社していた。

その時点で、暁彦はいやな予感しかしなかった。

井沢家の末娘である栞里の叔母に関して、ほとんど情報がない。

結婚はしているものの、子どもはいない。栞里を引き取り、後見人として養育し——彼女が相続した株式から不動産などの資産のすべてを一切管理するようになってから、半年ほど栞里は表舞台に出てこなかった。

新たなコンクールシーズンが幕を開け、栞里が例年挑戦していた海外のコンクールへのエントリーもなく、沈黙を続けていた。

再度、コンクールに出場した栞里は十六歳になっていて、ひどく痩《や》せていた。もともと痩《そう》身《しん》だったので、コンクールの演奏を耐えきれるのか不安になった。

ピアノに向かって椅子《いす》に座る体は、お腹と背中から力を込めて押したのなら、ぺちゃんこになってしまいそうだった。

あんなに音楽に愛されていた子が、あんなに一心に鍵盤を叩《たた》き音と踊るように演奏した子が、こんなにも苦しそうにピアノを弾くなんて。

暁彦はその日はじめて、予選で敗退する姿を見た。

神童と呼ばれた井沢栞里はそこで一度潰えたのだ。

伸びやかで粒の揃《そろ》った音が特徴的だった彼女の演奏は、ひどく窮屈そうになりくぐもっていた。

その前の年のコンクールの彼女とは別人だった。

ピアノの演奏自体はコンクールの回数を重ねて元に戻りつつあったが、普段の姿勢や表情はどんどん暗く、どこかぼんやりとしていた。

（……ピアノを見て、喜んではいたな……）

栞里の私室となった部屋を出て、暁彦は深いため息をついた。

彼女は意識して表情を穏やかに取り繕っていたが、こちらの様子を窺《うかが》うさまや、自分の意見を押し殺そうとする仕草《しぐさ》を見る度に、ぐっと自分の顔が強ばりそうになった。

「お義姉さん、あんなおどおどした人だったっけ？」

廊下で様子を窺っていたらしい千春が、潜めた声で尋ねた。

「わたしはもともとのお義姉さんをよく知らないけど、ステージの印象だともっと明るかったよね？」

「だから、俺が彼女を助けるんだよ」

「……助ける？」

「ああ。元の彼女を知っている。栞里さんは、伸びやかで明るい人だった、あんな風に自分を卑下《ひげ》して、相手を窺うような姿は……見ていられない」

彼女は素晴らしい人だ。才能に溢《あふ》れ、そして優しく朗らかで春の日差しのような笑顔をしていた。

演奏を終えた彼女が椅子を立ち、会場を見回しておじぎをする瞬間、彼女はいつも暁彦を見つけてくれた。目をぱっと輝かせて、微笑んでくれるのだ。

まばゆいばかりのスポットライトの下で、さらに彼女は光を放つ。

その笑顔がかげりはじめ、暁彦に気付いても笑うこともなく、演奏後に表情を緩めることもなくなった。

(……両親の死だけが問題じゃない、彼女を虐《しいた》げて喜ぶ人間は排除しないといけない)

静かに決意を新たにする。

千春はそんな兄をじっと見て、ため息をついた。

「——……顔、怖」

「うるさい」

「そんな顔見せたら、今のお義姉さんなら怖がって、ちぃ兄のこと避《さ》けるかもね」

「…………………気をつける」

不承不承ながらも頷く。

栞里との結婚は、彼女の生活を守るためだ。彼女が安心して過ごせる場所をまず整えてから、栞里の人生を取り戻させる。

それが、自分の——かつて幼い栞里に救われたことのある暁彦ができる恩返しになるはずだ。

「まずは彼女に、この家は安全だと理解してもらえるように努める。それが先決だ」

「そうかもしれないけどさぁ」

「井沢飲料の株も、彼女の叔母から無事に買えそうだ。このままなら、狙いどおりに最大株主になる。これで、井沢飲料も守れる」

「……はいはい、これまた大仰なご決意ですこと。っていっても、そうでもしないとお義姉さん、生きててもつらそうだもんね」

「ああ」

「何も知らされないで好き勝手にされてるのはあんまりだと思う。頑張ってね、ちい兄」

千春と別れ自室に戻る。栞里の部屋の真横の部屋だ。

ダークトーンの洋室で、大きな天蓋付きのベッドなどおおまかな家具の配置は栞里の部屋を左右反転させたものになっている。家具や家電にこだわりがないので、そのまま使用している。デスクまわりのパソコン用品だけは最新式で、部屋と調和していないが、それも別段気にならない。

古い洋館らしく、実は続き間になっているが、栞里の部屋にあたる女性側の寝室側の扉には大きな箪笥《たんす》を置き、扉ごと隠している。

暁彦の部屋はそうはなっていない。木製の古い扉がむき出しになっている。あまり気にしたことはなかったが実際に婚約者たる栞里が入居することになって、潰しておかなかったことを後悔した。

彼女が動く気配を扉越しに感じる。

壁が薄いわけではない、やはり扉が音を通しているのだ。

静かに椅子を引く音がして、それきり静かになった。

暁彦もデスクの椅子に腰掛けた。栞里の部屋につながる扉をじっと見つめる。

彼女は変わってしまった。まるで檻《おり》にとらわれて翼を折られた小鳥のように。

グランドピアノを見て、栞里は目を見開きつつ、ふらふらと吸い寄せられていた。あの表情に、嘘《うそ》はかけらもなかった。

「……本心では、ピアノを愛したままだ」

あれほど一心に打ち込んだものを、簡単に諦めることはできないはずだ。

ましてや、彼女には才能があり、未来がある。

なのに、あんなに身をすくめているなんて、あまりにもかわいそうではないか。

暁彦は目を伏せて、ゆっくりと息を吐《は》いた。

いけない、このままでは血圧の乱高下で体に悪い。心は穏やかにいかねば。栞里を守るためにも。

気分転換もかねて書類仕事をはじめる。パソコンのキーボードを打つ規則正しい音が部屋の中に満ちていく。

時折、耳を澄ましたが、ピアノの音が聞こえることは、ついぞなかった。

♪～♪～♪～♪～♪

家族の団らんというものから、栞里は何年も遠ざかっていた。叔母夫妻は大概外食しており、栞里は栞里で大学のレッスン室で過ごしていると、帰宅する時刻にはすっかり夕食の時間は過ぎていた。

叔母たちとテーブルを囲むときもあったが、それはあまりに気詰まりで、食事は砂を噛《か》むようで味気なかった。

ひとりで大学の生協で買ったパンやおにぎりを食べている方が、どれだけ気楽だったか。

けれど、今は家族の団らんの中に放り込まれていた。

夕食の時間に食堂に移動して、ダイニングテーブルには当然のように栞里の席が用意された。

食事会などでも活躍するであろう長いダイニングテーブルの上座には義父が腰掛け、その右側の長辺には義母と千春が。彼女たちと対面するように左側の長辺に暁彦と栞里が腰掛けた。

落ち着かず暁彦を見れば、彼は栞里を落ち着かせるように微笑み頷いてくれた。

何人かの使用人が食事を運んでくる。それぞれの前に置かれたのは、おいしそうな牛ホホ肉のワイン煮込みと、彩り豊かな温野菜サラダ、そして焼きたてのパンだ。

「うちのお料理は、ずっと同じ方が作っているの。我が家の味よ、たんと召し上がってね」

義母がそこまで話してから、はっと口を押さえた。

「苦手なものはあるかしら、それにアレルギーとか。何も伺っていなかったわね。ごめんなさいね」

「いえ、特にはないので……お気遣いありがとうございます」

「お酒はお好きかしら？」

「……実はあまり飲んだことがなくて」

お酒自体は、恐らく苦手ではない。数回だけ参加を許された飲み会やパーティーでは、『酔う』という経験をしたことがなく、周囲がすすめるままに飲んでも、基本的に記憶はしっかりしていた。

どこまで話すことが適切か判断ができなくて、黙ったままの栞里に義母は優しく微笑んでくれる。

「そう。今日は疲れもあるでしょうし、また今度にしましょうね。いつでも飲みたかったら言ってちょうだいね」

「母さん、栞里さんにも自分のペースがあるだろう？　そんなにいっぺんに話したら、困らせてしまう」

暁彦がそう言って、話し続ける母親を遮った。

そっと暁彦を窺う。表情の変化が少ない彼は、メタルフレームのメガネも相まって硬質な雰囲気をまとっている。近寄りがたく感じるが、一貫して、栞里には優しく親切にしてくれる。

井沢家の窮状を栞里に教えて、自分の人生を歩むべきだと手を差し伸べてくれた。

栞里はそんな暁彦に内心感謝しながら、「いただきます」と両手を合わせた。


窓の外から、春の夜の風が忍び込んでくる。

栞里は夕食後、暁彦に誘われるまま、二階にある庭の臨めるバルコニーにやって来た。

「これ、どうぞ、冷えますから」

「ありがとうございます」

暁彦が栞里の肩にショールを掛けてくれた。アイボリーのショールは肌触りがいい。

バルコニーから眺《なが》める庭園は、やはり広大だった。

櫻庭邸の規模となれば来客も多いため、ただの庭ではないのだが、ライトアップされた噴水や通路を眺めていると、まるでホテルか何かに滞在しているようだ。

都心なので星こそ少ないが、周囲は高級住宅街でビルも少なく夜空を遮るものは少ない。

「気疲れをしたでしょう」

「……」

どう答えるのが正解だろうか。栞里は曖昧《あいまい》に微笑んだ。

「これから、少し話しにくいことを伺います」

井沢飲料の社内の実情は、栞里は聞いても分からない。経営の勉強は一切してこなかった。

縁談の場で告げられたことは、正直寝耳に水だった。

ネットに公表されているＩＲ情報や株価などを見ても、それの示す意味は理解できない。

その点は暁彦の方が確実に詳しい。彼は櫻庭グローサリーの中で次世代を背負うべき存在として育てられている。

昨日聞いたよりも踏み込んだ話だとすれば、栞里は聞くだけはできるが理解はできない。

それでもちゃんと聞かなくては。

そう思って、きちんと暁彦に向き直る。

「なんでしょうか」

暁彦はじっと栞里を見下ろした。表情の変化が少ないので、何を考えているかよく分からない。

整った顔はどちらかというと冷たい印象を与える。よっぽど悪い話があるのだろうか、栞里はきゅっと手を握りしめた。

少し間を置いて、暁彦が口を開いた。

「……体調が悪いということはありませんか？」

「……はい？」

「昨日もですが、今日もあまり食べていらっしゃらなかったので」

「あ……ええと、体調に問題はありません。ただ……ええと、私は食が細くて」

「食が細い、ですか……？」

暁彦は眉を寄せ、口元に拳《こぶし》を当てる。

「残してしまってすみませんでした。おいしかったんですが、どうしても、食べきれなくて」

「いえ、無理して食べきる必要はないですよ。途中から、苦しそうにしていたのは気付いていましたから」

先ほどの夕食は、とてもおいしかった。味ももちろんだが、何より栞里を招き入れようとする櫻庭家の雰囲気が、とても心地よく感じられた。

それでも、栞里は半分も食べることができず、自分でも情けない。

申し訳なくて、ゆっくりでもいいから食べないとと格闘していたときに、暁彦が「無理はしないでいい」と声をかけてくれたのだ。

「昔、あなたと食事をしたときに、そんな印象はありませんでした。好き嫌いもなかった気がするのですが」

「そうですね、好き嫌いはありません」

好き嫌いも、幸いなことにアレルギーもない。単純に量を食べられないのだ。

ステージに立つのに、太っていてはみっともないから体重を管理しないといけなかった。

叔母は栞里の体重の変化に敏感で、痩せすぎても「面倒を見ていないと勘違いされる」と悲しみ、多少でも太ると「ステージで寸胴に見えてしまう」と嘆いた。

その生活を続けていたら、胃が小さくなったのかあまりお腹も減らなくなった。どうせ、学食以外ではまともに食べなかったので、都合がよかった。

「――……あなたの後見人である叔母夫妻は、あなたにどんな生活をさせていましたか」

「普通の生活だと思いますが……家事はハウスキーパーさんがしていたので、叔母たちとは……時折買い物に連れていってくださったり、私のコンクールに来てくださったり……。両親が亡くなってから、今まで育ててくださいました」

「では、あなたのご両親はどんなご夫婦でしたか？」

「私の……両親……？」

「はい。わたしは時折会っていたあなたのご両親しか知りません。明るく、いつも笑顔だった印象があります。ご自宅ではどうでしたか？」

両親が亡くなったのは十五歳の頃で、すでに七年の時が経っている。

「どうして、私の両親のことを聞きたいんですか……？」

「酷なことを聞いていると思います。これから、わたしたちは夫婦になるわけです、結婚式までは婚約者ではありますが。あなたの考える家庭を知っておきたいと思いました」

「……暁彦さんのお邪魔にならないようにしたいです」

「それはどうしてですか？」

「どうしてって……私は何もできないので……」

「あなたが何もできないと思ったことは、わたしは一度もありませんよ」

暁彦ははっきりと言い切った。

そして、遠慮がちに栞里の手を取った。自らの手の上に栞里の手を置き、栞里の指を見下ろす。

「ご両親のことを伺うことは、あなたにとって負担になるかもしれないとは思いました。ですが……聞いておきたいと思ったんです。聞いておかねばならない……に近いかもしれません」

「子どもでしたから、そんなに何か参考になることは覚えていませんよ」

ましてや、子どもの頃の栞里は今以上に世界はピアノでできていた。視野が狭く、それ以外のことを知る機会もなかった。

「……けんかをよくしていた気がします。深刻なものではないと思いますが、よく、言い合いになっていました。母は割と気が強かったので、父の言い方が気になるとそのことで言い返して……」

「それは意外ですね」

「些細《ささい》なことなんですよ、『チョコクロワッサン』か『パン・オ・ショコラ』のどちらが言い方が正しいかとか、私のピアノの発表会用のドレスの色はこっちの方がいいだとか……そういう、本当に些細なことでよく言い合いをしていました」

「栞里さんはその言い合いが怖かったですか？」

「いいえ、じゃれ合っているようで、見ていて気恥ずかしかった覚えがあります。両親はとても仲がよくて、年に何回か私を祖父母の家に預けてふたりきりで旅行していたくらいですから」

「それはよかった」

井沢飲料の社長と役員として、ふたりは忙しく飛び回っていた。家にいる時間は短く、その時間をめいいっぱい楽しんでいるように栞里には見えていた。

思えば、激しい生き方だったのかもしれない。

まるで自分たちが早世すると知っていたかのように、仕事に趣味に栞里のピアノにと飛び回っていた。

「叔母さまたちご夫婦は、ほとんどけんかはしないんです。言い合いも滅多になくて……でも、不思議ですよね。ふたりの空気は、なんだか冷え切っているように感じます」

「そういうこともあるでしょう」

「私は……両親の声が好きでした。歌うようで……ふたりが言い合いをする間合いも……」

急に言葉がつかえてしまった。その先をちゃんと暁彦に伝えないとと思うのに、胸の奥が苦しくて、声にならない。

両親を想うことは、申し訳ないことだと感じていた。

両親が死んでからの半年間、栞里の記憶はほとんどない。悲しくて、苦しくて、自分を責め続けた。自分のせいで両親は亡くなったのだと考えると、あまりにも苦しくて、何も手につかなかった。

思えば、うつ状態だったのだ。両親の好きだった曲を倒れるまで弾いては、数日間昏倒《こんとう》するように眠り続けた。それ以外、何もできなかった。

叔母がそんな栞里を見かねて入院させるまで、栞里はその生活を続けた。

――栞里ちゃん、こんなこと誰も喜ばないわ。大丈夫よ、どうすればいいか私が教えてあげるからね。

抜け殻になった栞里を、叔母が支えてくれた。栞里にどうするべきか伝え、その行動を律してくれた。

そのおかげで、衣食住に困ることもなく、生活することができたのだ。

養育してくれるふたりがいるのに、両親のことで苦しむ姿を見せてはいけない。

それは無駄なことで、ただただ意味のないことだ。

両親はそんなことを望んでいないし、そうして栞里が苦しむ姿を見たら、かえって心を痛めるだろうと叔母は言った。

栞里には叔母夫婦がいる。後見人という立場ではあるが、実質的に親代わりに育ててくれているのは、ふたりに違いない。

栞里は両親への想いに蓋《ふた》をした。強く、強く。溢れ出てこないように、心の奥深くにしまい込んだ。

だからこそ、命日でもない日に両親のことを思い出すことはない。

「すみません……普段、思い出さないので……こういうときにどう話せばいいかよく分からなくて……」

「……いいえ、大丈夫です」

栞里の手をゆっくりと暁彦が握った。

ああ、指先が硬い。

彼の指先の皮は、形を変えていた。この指は、弦を押さえる手だ。

「まだチェロは続けていらっしゃるんですよね」

「はい……趣味の範囲ですが」

「昔、チェロとピアノで二重奏したことを覚えていますか？」

「覚えていますよ」

晩彦の声が、一気に柔らかくなった。

目を細めて、ほうっと息を吐く。

「わたしが音楽教室に通っていた時期なので、十五年近く前ですね」

「もうそんなに経《た》ちますか……十五年近く前というと、私はまだ七、八歳くらい……かな？」

「小さなお嬢さんでしたね。面影がありますが、随分と大人になりました」

晩彦がチェロケースを背負って歩いている姿を覚えている。その当時からすでに百八十センチに迫ろうとしていた彼は、フルサイズのチェロでも十分に扱えた。

フルサイズのチェロは楽器自体の全長が百二十センチある。茉里は晩彦のチェロの横に立って、よく背比べをしていた。

そんな小さな頃の茉里を子ども扱いすることもなく、きちんと接してくれていた。

「あのときから、敬語で話してくれていましたよね。私はまだ小学生くらいだったのに」

「わたしも子どもでしたよ」

「……懐かしいですね、本当に……」

「楽しかったですね。毎週、練習中の曲を聴かせてくれて、それに合わせて即興で伴奏したりしましたね」

「楽しかったです」
七、八歳の茉里からすれば中学生の晩彦は大人だった。学生服でチェロケースを背負ってやって来る暁彦を窓から見つけては、外に飛び出して「暁彦くん！」と声をかけたものだ。

一度も、暁彦は栞里を邪険にしなかった。

「あの頃とは、いろいろ変わりましたけど、こうしてまたお話しできて嬉しいです」

大きくゴツゴツした手。

指先は、チェロの太い弦をしっかりと押さえるために変形していて、栞里の心の奥底で眠っていた記憶を刺激した。

栞里の通っていた音楽教室は、ビルすべてにさまざまな楽器の教室があった大規模なものだ。音楽大学に通うための教室や社会人コースもあり、幅広い年代の人が通っていた。

年の離れた暁彦とも顔を合わせる機会があったのだ。

「縁があって夫婦になるのですから、栞里さんがご自分でどんな人生を歩むか決めるまで、わたしが絶対に守ります」

「すみません……、その……ご心配をおかけしてしまって……」

「わたしがしたいからするんですよ、栞里さん」

あの頃から、あまり笑わない人だった。

でも、暁彦の声はいつでも誠実な響きをしていて、ピアノの低音域のように深く広がるのだ。美しく、しっかりと。

憧れのお兄さんだった。会えると嬉しくて、栞里のピアノを静かに聞いてくれるまなざしの柔らかさを覚えている。

気が向くとチェロを取り出して、栞里のピアノに合わせ弾いてくれた。

この指がどんな風に弦を押さえ、弓を引くのか知っている。

彼の声のように低く、そして豊かな音を奏でるのかを。

栞里の指先が鍵盤を恋しがる。

（……私の人生……）

暁彦の手はとても温かかった。

「ゆっくりと歩いて行きましょう。どんな人生でも、サポートします」

心臓が、とくりと音を立てた。

くすぐったくて、落ち着かない。

私がどんな選択をしても、暁彦さんも――櫻庭のお家も尊重してくれるのだろう。

でも……私の選択とは、なんだろう。


その晩、夢を見た。

幼い栞里が暁彦と一緒に練習をしている。

この曲は、チェロとピアノの二重奏の中では一番有名だろうエドワード・エルガーの『愛の挨拶《あいさつ》』だ。

そのふたりを遠くから眺めていた。

なんてつたないピアノだろう。気ままで、時折楽譜を無視して、好き勝手に弾いている。今の栞里から見ると、顔を覆《おお》いたくなるほどつたない。

それでも、暁彦は栞里の演奏に合わせてくれる。

少年らしく丸みの帯びた頬。まだ体のできていない細身の体。

美しい記憶だ。

懐かしいメロディー、栞里は満面の笑みで、暁彦の表情はいつもどおり変化に乏しいが、口元は微《かす》かにほころんでいる。

ふたりとも身軽で、ただただその場にいることができた。

ゆっくりと夢の中のふたりが溶けていく。

音楽も消え、緩やかに遠ざかっていく。

完全に音が止まったとき、栞里は目を覚ました。

薄暗い部屋の中にグランドピアノが見えた。じっとそれを見つめる……。

夢の中の栞里は笑いながら体を揺らして演奏していた。

——栞里ちゃん、今までとはもう違うのだからね。何も知らないお嬢さんではいられませんよ。

叔母の声がする。栞里の体の中が凍える。

「……夢だ……夢……」

耳の奥に、『愛の挨拶』がまだ残っているような気がして、栞里は両耳を塞《ふさ》いでうなだれた。


♪～♪～♪～♪～♪


花嫁修業という言葉はすでに死語かもしれないが、櫻庭家に嫁入りするに当たってしなければいけないことはいろいろある。

そういう良家の子女としての教育はあまり受けていない栞里は、茶道や華道、そしてパーティーでの振る舞い方など、ホストとしての対応を学ばなければいけなかった。

「いろいろ大変だと思うけど、どうにも古い家だから、我慢してちょうだいねえ」

「いえ……こちらこそ、すみません」

「いいのよぉ、こっちの都合なんだから、申し訳ないくらいだわ。千春だって文句ばっかりよ？『あたしはお母さんみたいにお茶会もしたくないし、お客さんを呼ぶパーティーとかうんざり』っていつも言うの」

義母はにこにこと微笑みながら、栞里の前に習い事のパンフレットを並べた。

井沢の家も一般的にいう『古い家』ではある。だが、櫻庭の家は歴史も規模も桁違いだ。

月曜日の今日は、朝食を終えてから義父と暁彦は同じ車で出勤し、大学院生の千春も登校している。日中は、どうやら義母と使用人だけのようだ。

「今度、井沢の叔母さまも含めて、もう少し結婚式のお話を進めましょうね」

「はい」

栞里は、一番手前にあったフラワーアレンジメントのパンフレットを手に取った。華道とは別にアレンジも習うのか、と少し驚く。

ちゃんとできるだろうか……。

そのとき、ぱたぱたと軽やかな音を立てて、リビングにスーツ姿の三十代の女性が現れた。

義母が「紹介するわね、うちの管理をしてくれている子よ」と簡単に栞里に紹介をしてくれる。

彼女は栞里に「水田《みずた》です」と挨拶すると、さっと義母のそばに膝をついた。

「奥様、北見《きたみ》の奥様がお見えです」

「まぁ……お義姉さまが？　主人は不在だと伝えてちょうだい」

「お伝えしたのですが、その……若奥様にお会いしたいと」

若奥様。

栞里もさすがに分かる。自分のことだろう。

北見の奥様と言われて、ピンとくる名前はひとつある。義父の姉が嫁いだ家が北見だったはずだ。

義母は困ったように目を伏せて、深いため息をついた。その姿を見て、びくりと反射的に身がすくむ。

その仕草をどう解釈したのか、義母は悲しげに眉を下げた。

「ごめんなさいね、栞里さん。帰っていただくように伝えるから、安心して」

「あ……その……」

「いいのよ、お見合いも一昨日の土曜日にしたばっかりで、暁彦のわがままで急いで同居してもらったの。あなたも疲れているはずよ、ゆっくりしないと」

義母は、はっきりとそう言って首を振った。

「水田。帰してちょうだい、そして、あの人に伝えて」

「かしこまりました」

「あらぁ、君子さん、随分なご挨拶じゃない。せっかく、暁彦のお嫁さんに会いに来たって言うのに、門前払いにするの?」

上機嫌そうだが、明らかにとげのある口調に、栞里は思わず立ち上がった。

扉の向こうには、ブラックドレス姿の背の高い女性がいる。見たところまもなく還暦を迎えるだろう頃で、その顔は義父によく似ていた。

義母は水田と一瞬目配せをしてから、華やかな笑みを浮かべて立ち上がる。

「お義姉さん、いらっしゃいませ」

「歓迎されていないみたいだけれど、ここはわたくしの実家ですしね、好きにさせていただきますよ。――あなたが暁彦のお嫁さんね。ようこそ、櫻庭家へ」

「は、はじめまして井沢栞里と申します」

「存じてますよ。日本人のピアノニストの中でもとても高名で、国際コンクールでも入賞していらしたものね」

「お義姉さん、どうぞお座りになってくださいな。栞里さんも、ね？」

急に空気がヒリついたのが、肌感覚で分かる。

栞里は戸惑いながら、手をさすった。

着席を促されたものの、北見の夫人は無視をして、栞里の目の前まで真っ直ぐに歩いてきた。

赤い口紅をしっかりと塗った唇が、にいっと笑みを形作る。

「急な縁談で驚いたでしょう？　この間まで学生さんで……このあとはどうなさるの？」

「……このあと……ですか？」

「ええ、大学も卒業したばかりで、お仕事はなさるの？　それとも大学院に進学するのかしら？」

「いえ……進学はしない予定ですし……その、もともとは実家の会社に入るつもりだったの冷たい言葉だ。あまりにも語気が強く、北見の夫人の投げかけに、びくりと体が揺れる。

「何も決めていらっしゃらないの？」

ですが……」

「お義姉さん、栞里さんもいきなりでしたから」

「そうね、ご実家も大変な中ですものね。結婚して楽になりましたね。そのためのご結婚でしょう？　あなたも大変ね、ご両親ももうお亡くなりになっているのに、叔母さまたちがあではねぇ……？」

「叔母をご存じですか？」

「ふふ、そうよ、もちろん。あなたとは面識がなかったけれど、これから親戚になるのよ、よろしくね」

「よ、よろしくお願いします」

頭を下げようとする栞里の手を北見の夫人が取った。

両手を掴《つか》まれて、ぞっと悪寒が走る。

昨晩暁彦に触れられたときとは明らかに違った。底知れない冷たさが、その手にはあった。

振り払いたかったが、こらえる。

「まぁ、きれいな爪ね。とても似合っているわ」

「ありがとうございます」

満足そうにネイルアートが施された爪を眺めてから、北見の夫人は栞里の顔を見た。

姿勢を正し、にっこりと笑う。

「ステージでも見栄えがしたけれど、おきれいね。今週末、うちでパーティーがあるの。ぜひ、いらして。今日はその招待状を持ってきたのよ」

芝居がかった声音で北見の夫人は話しながら、小さな小さなバッグから封筒を取り出した。

栞里は、差し出されるがまま受け取った。

「お義姉さん、そういうことは一度主人に……」

「何を言っているの、こういうものは女の領分でもあるでしょう。櫻庭の家に入るのなら、今までのようにピアノだけというわけにはいかないわよ、ねえ？　お付き合いもしていかないと」

叔母の笑顔と、北見の夫人の笑顔が重なって見えた。

そうだ。櫻庭の人間になるのだから、私は変わらないといけない。

「頑張ります」

子どもじゃないのだ。もう大人だ。

成人は数年前にしているし、学生ですらない。井沢の家ではほとんど求められなかった社交も必要になる。

パーティー自体は慣れているつもりだ。祝賀会などピアノの関連で出席した経験は多い。

それなら、今の栞里でも役に立つかもしれない。

その日の夕食は、栞里と義母で取った。量は栞里の分だけ少なくなり、今度は無理なく完食できた。

緊張はしたが、実家で叔母と食べているような息苦しさはなく、義母との軽妙な会話に思わず「ふふ」と短く笑ってしまうことも多かった。

食後、すぐに自室には戻らずにリビングに移動して、義母と何をするでもなく一緒の時間を過ごした。義母は話があるとき以外は、栞里をそっとしてくれていた。趣味だというレース編みに没頭している。

栞里は、本を読んだり、テレビで映画を見たりして過ごした。あまりこういう時間の使い方は得意ではない。今まではすべての時間をピアノに費やしていたのだ。

用意されたお茶とお菓子をいただきながら過ごしていると、真っ青になった暁彦が帰ってきた。

「ただいま帰りました」

「おかえりなさい」

何かあったのだろうか、暁彦は眉を寄せて栞里の様子を見ている。栞里は首を傾《かし》げて、読んでいた本を閉じた。

「足音がうるさかったわよ、暁彦。もっと静かに歩きなさいな」

義母はレース編みの手を止めずに、子どもを相手にするかのような調子でたしなめた。

「北見の伯母さまが来たと、連絡がありました……一体どういうことですか？」

「あの、ご挨拶にいらして、私に招待状をくださいました」

コーヒーテーブルに置いておいた招待状を手に取ると、暁彦に差し出す。

暁彦はそれを受け取り、中をさっと検《あらた》めた。

「いきなりいらしたのよ。おひとりだったのが救いだったけれど……」

「はぁ、まだ正式な結納もまだなのに、栞里さんを引っ張り出す必要がどこにあるんだ」

「それに関してはあなたのせいでしょう。結納もまだなのに、家に連れて帰ってきたのだからね」

「……母さんと栞里さんがふたりの時間に来るなんて」

「そうねえ、水田たちの制止もわたしの制止もあの人は知ったこっちゃないもの」

「こんないきなりの招待も非常識だ」

暁彦がいらだちを露《あら》わにしている。

そのことに栞里は驚き、何度もまばたきをした。

「非常識かもしれないけれど……」

そこまで話して、義母は編み棒を動かす手を止めた。

そして、穏やかな目で栞里を眺める。

「招待されたのは栞里さんよ。あなたが行きたいかどうか、決めていいと思うわ」

「無理はしないでください。親戚なんて、あとからでもいくらでも会います」

「せっかくご招待いただいたので、行こうかと思っています。私なんかが務まるのかとご不安かもしれませんが、パーティーには慣れていますから、任せてください」

暁彦の表情は暗いままだった。

だが彼は頷き、ゆっくりと目を伏せる。長いまつげが影を落とした。

「分かりました。行きましょう」

再びこちらを見た暁彦の目には、何かを決意するように光が満ちていた。


♪〜♪〜♪〜♪〜♪


週末、その日は三月上旬並みの冷え込みで、肌寒かった。

ほぼ身ひとつで櫻庭の家に住みはじめた栞里は、櫻庭の家が揃えてくれたパーティードレスを身につけて、北見の屋敷に向かった。

春らしいパステルイエローのクラシカルなAラインワンピースは膝丈で、共布の揃いのパンプスを身につけた。

北見の屋敷は櫻庭の屋敷と違い、真新しい建築だった。まるでゲストハウスのようなビジュアルで、ロビーには大きなフラワーアレンジメントが置かれ、集まったゲストたちも競うように着飾っていた。

思ったよりも身内の会なのだろう、空気感が柔らかい。しかし一枚皮をめくれば、何らかの心の探り合いがあることは明白だった。

「大丈夫ですか？」

暁彦が尋ねてくれた。

声をかけられて振り向き、そこにいる暁彦に一瞬驚いた。

もともと見栄えのする人だ。胸板もしっかりしているし姿勢がいい。今日は春先ということもあって、モヘア地のチャコールグレーのスーツを着ている。

腰骨の位置も高く、ほどよくくびれた腰はジャケットの仕立てのよさもあって、目を惹《ひ》きつけるものがある。

そのうえ、顔の造作も整っているのだ。

暁彦をちらちらと見る周囲の視線にも気付いた。

「琹里さん？」

「すみません、少しぼうっとしてしまいました」

「どこかで休みますか？」

「いいえ、お気遣いありがとうございます。こういう場所は慣れているので、このままで構いません」

視線を集めている自覚があるのかないのか、暁彦は首を傾げつつ、栞里の様子にだけ気を配っている。

粗相をしないという点で言えば、栞里はパーティーでの過ごし方には自信があった。基本的にはゲストではあったが、ピアノの演奏会や表彰式には立食パーティーがつきものであったから。

暁彦は何かを言いたそうに口を開いたが、すっと据えた目をして、栞里より向こうを見た。

（……どうしたんだろう？）

栞里も不思議に思い、暁彦の視線を追いかけて息を呑《の》んだ。

「……叔母さま……」

そこには叔母夫妻がいた。

きゅっと胃が痛む。

叔母夫妻は視線が合うと、こちらに歩み寄ってくる。

「たった一週間なのに、なんだか懐かしいわね。……少し太ったかしら？　ちゃんと気をつけている？」

「……はい、叔母さま。おかげさまで櫻庭のみなさまにもよくしていただいています」

「それならいいのだけれど……暁彦さんも一週間ぶりです、姪がお世話になっております」

叔母が暁彦にそう声をかける。

暁彦は微笑を浮かべて、軽く会釈した。

「お世話なんて……とてもしっかりした方ですよ。自立された方で、特に困るようなことは何も……」

「まぁ、なんてお優しいのかしら」

おほほ、と叔母が口元を押さえて笑う。

「いろいろ教えて差し上げてね。兄夫妻はピアノ以外何も教えてこなかったので、栞里ちゃんが恥をかいてしまうわ。暁彦さん、よろしくね」

パーティーでは、きっときちんと振る舞える。

そう思っていた自信が、一気にしぼむのが分かる。

栞里は俯いて、お腹の前で重ねた手をぎゅうっと握りしめた。

「はぁ……栞里ちゃん、何を俯いているの。見た目はいいんですから、ちゃんとしていなさいな。胸を張って……って、その爪、どうしたの？」

「あ……っ」

叔母の目がすぅっと眇《すが》められた。

栞里の爪はもう二日ほど前に、暁彦が手配したネイリストによって、ジェルネイルをオフしていた。爪の形を整え、表面の保護のケアをしただけのものだ。

もちろん、深爪に近い。

（なんて言おう……みっともないってずっと言われていたのに……）

この指の方が落ち着くなんて気付かれたら、がっかりさせてしまう。

栞里は叔母の望むとおりに行動することが苦手で、いつも間違ってしまう。

「すみません。わたしがあまり長い爪が好きではなくて、栞里さんにお願いして爪を外してもらいました」

暁彦の手が栞里の肩を抱き、そっと引き寄せる。栞里と叔母の間に自然に入ってくれた。

「挨拶がまだなので、申し訳ございません。少し離れますね。おふたりも、ごゆっくりなさってください。——……さぁ、栞里さん、行きましょう」

暁彦は栞里の肩を抱いたまま歩きはじめた。

慌てて首だけで振り向き、叔母に頭を下げる。叔母は冷めた目で栞里を見送った。

失望を、させた。

やっぱり栞里は、何かをひとりでできるようなタイプではないのだ。

世間知らずで、周囲に迷惑をかけてしまう。

これからは栞里の失敗は、暁彦や櫻庭家の失敗にもなる。

暁彦は栞里をホールの端に連れていった。数脚の椅子があり、そこに栞里を腰掛けさせる。

「栞里さん、顔色が悪い」

「……すみません、ご心配をかけて」

「一週間前、縁談のときも言いました。わたしは、あなたの人生を取り返すためにいるんです。覚えていますか？」

「もちろん、覚えています」

栞里は頷いた。

――あなたが不当に奪われたすべてを奪い返します、会社も、あなたの心も。

――あなたは本当は、自分の足でしっかりと立てる人だ。なのに、今はその力すらも奪われているように見えます。

――あなたがまた自分の人生を選べるように、わたしが手を貸しましょう。ピアノの道に戻ることを選択してもいい、会社の経営を学びたいのならそういう指導環境も整えます。

言われた意味はピンとこなかったが、言葉は覚えている。

栞里のことを本気で考え、心の底から心配してくれていることが伝わったからだ。

「パーティーの招待を受けると言ったときのあなたは、自然体で何も気負いをしていなかった。でも叔母夫妻に会ってから、様子が変わりましたね」

「……私が不出来なので……」

「あなたは不出来ではない」

メガネの奥の暁彦の目は、どこか傷ついているようだった。

どうして暁彦がそんな目をするのだろう。軽く唇を噛み、震える息を吐いている。

「すみません……、飲み物をいただいてきます。ここで待っていてください」

暁彦はそう言って、去って行ってしまった。

（……暁彦さんの言う、私の人生って何だろう……、ちゃんと考えたことあったかな……）

両親が亡くなってから、栞里は叔母夫妻の元で育てられた。

いつだって叔母の言うことを聞いていれば間違いがなかった。そうして生活してきたのだ。

叔母たちが普段何をしているか、会社でどんな仕事をしているか、栞里は知らないままだ。

そのままぼうっと座っていると、知らない女性が近づいてきた。

年は栞里より少し上くらいの、華やかな美女だ。

「あなたが噂《うわさ》の井沢飲料のご令嬢ね」

「はじめまして、井沢栞里と申します」

「……おきれいな方ね。ステージでピアノを弾いているお写真を見たことがあるからすぐ分かったわ」

「ご覧いただいたことがあったんですね、ありがとうございます」

「ええ、でもかわいそうね」

彼女はくすくすと笑いながら、栞里を見下ろしている。

「ご実家のために結婚するとなると、ねえ？　よくあることだけれど、わたしたちのような立場だと。でも……あなたの叔母さまは……少し、ふふ、面白い方よね」

「叔母をご存じですか？」

「知らない人がいて？」

聞き返されてしまって、面食らう。

「あなた、何もご存じないのね……まぁ、仕方がないでしょうね。ピアノにあれだけ才能があれば、そのほかのことに目が向かないことは当然でしょうし」

その瞬間、気付いた。

栞里を見ているのは、目の前のこの人だけではない。もっとたくさんの目が、栞里を見ている。

無遠慮に明らかに値踏みしている。

そのことに気付かないほど、鈍感ではない。

櫻庭家は一族の結束が強く、今でも世襲で社長が決まっている。義父の姉が嫁いだ先である北見家のパーティーには当然、櫻庭家の関係者も多い。

（……このパーティーは私を見るためのものなんだ……）

恐らく、栞里と違い経営の勉強をしたものも多いだろう。井沢飲料の業績悪化に関して彼らの方がしっかりと理解しているはずだ。

由緒正しき本家に、令嬢とはいえ後ろ盾を失った傾いた家の人間が入ることを、よしと思わない人間は少なくないだろう。

粗相をしてはいけない。

栞里の心に、ずしりと重りのような実感が湧く。

櫻庭の家は、温かく栞里を迎え入れてくれた。

義理の両親も千春も、夫となる暁彦も。

その中で習い事をはじめて、櫻庭の家に入るということを理解した気になっていたが、もっと大きな規模の出来事なのだ。

ピアノだけではいけない。その言葉は、ひとつの真実を含んでいる。

栞里には暁彦たち以外の味方がいない。

しかも、ピアノさえ今の栞里には残っていない。

叔母は無意味だと栞里から取り上げた。

あるのは、この体ひとつだけだ。それに一体どんな価値があるのだろう。

口の中がカラカラに乾いていく。

「あら、ここにいたのね。栞里さん、いらっしゃい」

北見の夫人が、人々の隙間から現れた。

ああ、この人の目も栞里を値踏みしている。そして、徹底的に下に見ている。

そのことに気付いてしまって、心がぐらぐらと揺れていた。

返事ができないでいる栞里を気にすることなく、北見の夫人はにこやかな表情のまま栞里を立たせた。

「ねえ、栞里さん。うちにいいグランドピアノがあるのよ。せっかくだから弾いてみせて」

「……えっ」

引きつった悲鳴のような声が出た。

「恥ずかしがらなくていいのよ。あなたと言ったらピアノじゃないの。神童で国際コンクールでも大きな賞も取って、聴いてみたいわ、生の演奏」

ぐいぐいと腕を引っ張られて、よろけながらも歩きはじめる。

「そ、そんな……あの……練習もしていなくて」

「練習？　何十年ピアノをやっていらっしゃるの？　それとも、お金をいただかないと弾かないということ？」

その言葉に、周囲から嘲笑《ちょうしょう》が漏れた。

お金。

そうだ、栞里の縁談は叔母がお金のために決めた。それに間違いはない。

ピアノも以前なら公演料をもらって弾いたこともある。

ホールの隅に使い込まれたグランドピアノが見えた。オーケストラピットになっていて、そこにはバイオリン、ヴィオラ、チェロも見える。ピアノ四重奏用のしつらえで、どれも高価な楽器だ。

「ほら、弾いてみせて！」

ピアノ。

私が情熱を傾け続けたピアノ。

さっと周囲を見渡せば、お手並み拝見というような視線と一緒に、純粋に演奏を楽しみにしているようなキラキラした目もあった。その奥から叔母が鋭《するど》い目でこちらを見ている。

櫻庭の家で用意されたピアノには、未だに指の一本も触れていない。

ピアノだけではいけない。今までどおりにはできない。

のろのろと、栞里はピアノの椅子に腰掛けた。高さを調節する。

体はその動きを覚えている。何百、何千、何万と繰り返した動きだ。

怖い。

怖い。

ピアノが、怖い。

八十八鍵の鍵盤を目の前にして、手が動かない。

膝の上に手を置いたまま、頭が真っ白になっていた。背中にどっと汗をかく。

「栞里さん」

すぐそばから声がして、ようやく動けた。

「暁彦さん……」

「あなたが弾きたくないのなら、弾かなくても構いません」

「……でも」

何が正解か、分からない。

答えあぐねる栞里をしばらくじっと見つめていた暁彦は、そこにあったチェロに手を伸ばした。ジャケットのボタンを外し椅子に座れば、実に堂に入った動きでチェロを構えた。

ぽかんと暁彦を眺める栞里に、ふっと口角を緩めて、暁彦が笑みを返す。

そして、一音、奏でた。

（……『愛の挨拶』！）

子どもの頃、暁彦と弾いた思い出の曲だった。

あの頃は自由だった。音と遊ぶように弾いた。どれだけつたなくても。

（私は……）

もう何週間もピアノを弾いていない。

でも、――弾くなら、今だ。

♪〜♪〜♪〜♪〜♪


彼女の音は、やはり特別だ。

暁彦は伸びやかなピアノの音にほうっと感嘆した。

これほど悪意に満ちたこの会場の中で、澄んだ音色が響き渡る。

北見の伯母の開くパーティーに、栞里を連れてきたくはなかった。

まだ結納すら済んでいない栞里を婚約者として連れてこいというのも不遜だと思ったし、そもそも、北見に嫁いでからもずっと櫻庭の家のことに首を突っ込んでいた。

未だに古いのだ、この櫻庭の周辺は。

北見の伯母が栞里に興味を持った経緯も理解しているつもりだ。

どれだけ自分が手を回しても、紹介した令嬢に関心を向けたことのない暁彦が選んだ相手だ。自分が面倒を見ようとしていた甥の結婚は、本人に無視をされた。

自尊心を傷つけられたのだろう。

知ったことか。自らの親ですらない北見の伯母の使う「あなたのため」という言葉は、雑音でしかなかった。

そのうえ、井沢の叔母夫妻まで引っ張り出してきた。あからさまな値踏みの中で、彼女を見せ物にしようとした。

分からせてやりたかった。

全員に、それこそ栞里自身にも。

誰にも軽んじられる筋合いなどないのだ。彼女は素晴らしい存在なのだから。

（本当は、もっと技巧を見せつけられるような曲がよかったが……）

縁談から櫻庭の家に連れ帰っても、栞里はかたくなにピアノを拒んでいた。

彼女を引っ張り出した北見の伯母への嫌悪感は当然あったが、心のどこかは喜んだ。

彼女の音を再び聴くことができる。

その期待に、体が震えた。

（……なんて美しい音なんだ……）

暁彦の実力で、本気の栞里と協奏することは難しい。

子どもの頃ならまだしも、今や彼女は押しも押されもせぬ実力を備えた日本でも有数のピアニストだ。

そのうえ、チェロを続けているとはいえ、ひとりでつま弾く程度の暁彦は『愛の挨拶』以外のチェロとピアノの二重奏の楽譜を思い出せなかった。

しかし、この曲は何度か栞里と弾いたことがある。

タイトルは分からなくても、メロディーラインを聴けば誰もが知っているよう名曲でもあり、この場に相応しかった。

自分たちが馬鹿《ばか》にしているのが何者か、分からせるために。

思い知らせるのだ。

彼女はただのトロフィーでも借金のカタでもない。

今までの演奏会やコンクールに標準を合わせた彼女から考えたら、実力の半分も出せていない。

当たり前だ、一日弾かないだけで錆《さ》び付くと言われるピアノにしばらく触れていない。

怯えるように過ごしていたのだから。

すべての音が消えたとき、自然と拍手が沸き起こった。

栞里はじっと目を見開いていた。

瞳の奥に星が宿り、恍惚《こうこつ》と中空を見据えている。

（ああ……そうだ）

ずっと見守っていた。幼い彼女が夢を追いかける姿に、自分の夢を重ねて。

ふと気付けば何かがねじ曲がり、自分を卑下してしまうようになった彼女さえも、見守り続けた。

守らなければ、自分が。彼女の演奏に幾度となく救われた自分が、恩を返さなければ。

涙が出そうだ。

茱里が再び鍵盤に触れた。胸が張り裂けそうだ。

(素晴らしかった……)

目が合った。

茱里は星の瞬《またた》くその目を猫のように細めて、はにかむ。

幼い少女だった頃から、どれだけの努力を繰り返し、ここまで来たのだろう。

——暁彦が知らないうちに、彼女は少女ではなく美しい女性になっていたことに、このときまで気付けないでいた。

彼女は蝶《ちょう》になった。

自分の力で飛べるだけの力を持った、蝶に。


パーティーがお開きになった夕方、櫻庭の家に帰宅してすぐに、彼女はピアノに向かった。

いつもはしっかりと締めている私室のドアが開いていて、悪いと思いつつ暁彦はその入り口に立った。

茱里が、鍵盤の蓋を開けるところだった。

自分がドレス姿だということもお構いなしに、グランドピアノの横にはスリッパが脱ぎ捨てられている。

開けられることのなかった蓋《ふた》が開かれ、ようやく奏でられる時を迎える。

ぽーん。

ぽーん。

ぽーん。

同じリズムで、同じ音を、同じ強さで。

鍵盤の二十センチほど上から、脱力するように腕を下ろして鍵盤を人差し指で叩き、元の高さまで跳ね上げる。

「……指が、なまってしまっていたので。一本一本、ちゃんと別々に動かないと、きれいに音が響かないので」

栞里が恥ずかしそうに漏らした。

暁彦を振り向くことはなく、視線は鍵盤に落とされたままだ。

「そうですか」

言いたいことは山ほどあった。

あなたが思ったよりもひどい演奏ではなかっただとか、一緒に弾くことができて嬉しかっただとか、疲れてはいないかだとか。

でも口から出たのは「そうですか」という五音だけだった。

「場違いなのかもしれません、私は。櫻庭の家の中では浮いてしまうかもしれない」

「……それは」

「でも、いいんです。今日、思いました。誰にどう思われていようと、私はピアノがあれば飛べる」

力強い宣言だった。

彼女がこちらを向いていなくて、本当によかった。

暁彦は涙で歪んだ視界を気取られないようにしながらも、ピアノに再び向き合いはじめた彼女をじっと見つめていた。

第三章　それでも、幸せな結婚式でした

ピアノの勘をようやく取り戻せた数ヶ月後、栞里《しおり》と暁彦《あきひこ》は正式に結納を交わした。

花嫁修業の名の下に、櫻庭《さくらば》の家に身を寄せた春先から考えると、すでに梅雨も明け、まもなく本格的な夏が訪れようとしていた。

結婚式を行う予定のホテルの一室で、結納式は行われた。

久々に叔母たちの横に並び、暁彦の向かいに座っていることが、なんだか不思議に思えた。

暁彦の隣に座っていることに慣れてしまったのだ。

（……本当に素敵《すてき》な人）

こうして向き合うとよく分かる。

メガネがとても知的だし、怖いくらいに整った顔はどこか雪や氷のような透き通った美しさがある。

櫻庭の家紋である抱き桜が入った羽織袴《はおりばかま》を身につけた暁彦は、いつも以上に硬質な美しさが際立っている。

栞里は華やかな桜色の振り袖姿だが、どうにも幼く見えるような気がして気が気ではなかった。

暁彦と並ぶと、夫婦というよりも兄と妹のようにしか見えないのではないのだろうか。

結納式の一切が終わったあと、叔母は殊勝な様子で口を開いた。

「ご迷惑をおかけしてはいませんか？　この子は何分、ピアノ以外には興味があまりなくて……」

「ご迷惑をおかけしたのは、うちの息子です。わがままを言って、結納も交わす前にこちらの家に連れてきてしまってすみません」

義父が快活に答えた。

「いえいえ、物を知らない子ですから、教えてやってくださいな。どうにもそちらまで手が回らず、お恥ずかしいことですが……」

「お茶の先生もお花の先生も、栞里さんのことを褒《ほ》めていますよ。素直に教えを乞《こ》い、吸収する子だと」

「まぁ……」

叔母が含み笑いで、こちらを見る。栞里は反射的に身をすくめた。

どうにも叔母の前ではうまく話ができない。体も強ばるし、ずっと正解を探してしまう。

「彼女はなんにでも真剣に取り組む人です。それはあなた方が一番ご存じなのでは。ピアノに打ち込む姿を間近で見続けたはずですから」

晩彦がそう言って、栞里に助け船を出してくれる。

ふっと心が軽くなった気がして、栞里は微笑《ほほえ》んだ。

不思議なものだ。親代わりの叔母たちよりも、櫻庭の家の方が栞里を理解しようと心を砕いてくれるし、手を差し伸べてくれる。栞里を笑うこともしない。

「それはよかったですわ、心配していましたから」

叔母はぎこちない様子で笑った。

「栞里ちゃん、よかったわね。大事にしていただいて」

「はい」

即答してしまって、はっとした。

案の定、叔母の目がすぅと冷えていく。

(これじゃ、叔母さまたちは大事にしてくれていなかったみたいじゃない……)

内心で慌てた栞里を救ったのもまた、晩彦の一言だった。

「大事にします、そのために結婚をするのですから」

ああ、本心からそう思ってくれているのだろう。

晩彦は真っ直《ます》ぐに栞里を見つめながら、そう言い切ってくれた。

ゆっくりと心臓の刻むリズムが速くなる。

(私は、幸せ者だ……)

もしも、両親が生きていたのなら、暁彦のような相手と結ばれることを喜んだだろう。

♪〜♪〜♪〜♪〜♪

すでに、櫻庭の家の中に栞里の居場所はできていた。

毎日、大学の頃から指導してもらっていた教授のもとへ通っている。教授は栞里がピアノを再開したことをとても喜んでくれた。

時間の許す限り弾きたい気持ちはあるが、長い時間練習すればいいというものでもない。指を痛めてしまっては元も子もないし、ピアノから遠ざかっていた間に、演奏のための筋肉は一気に落ちた。

ゆっくり戻していくしかない。

それでも楽しかった。

ピアノ以外の時間は、櫻庭家で求められるスキルを学んだ。

男女平等は叫《さけ》ばれて久しいが、櫻庭家の女主人となるために必要なスキルは想像以上にたくさんある。

叔母の言う「ピアノ以外何も知らない」という言葉は、的を射ていた。

そのとおりなのだ。ピアノ以外の習い事をしたことがなかった。華道も茶道も、そしてマナーなどもきちんと学んだことがない。

両親ともに会社の役員として忙しく飛び回っていたので、彼らのそういう姿も見たことがなかった。

栞里はその日学んだことをノートにつけるようにしていた。手を動かさないと、なかなか覚えられないのだ。

「栞里さん、休憩してはいかがですか？」

ノックとともに聞こえた暁彦の声に手を止める。

栞里は急いで扉を開けるために席を立った。

扉を開ければ、Tシャツにスラックスという彼の中では比較的ラフな格好の暁彦が立っていた。その手にはティーコジーを被せたティーポットを載せたトレーを持っていた。

すでに仕事用のスーツから、私服に着替えていたようだ。隣の部屋だというのに、物音に気がつきもしなかった。

「おかえりなさい、すみません、お出迎えもせず……！」

「いえ、構いませんよ。こちらこそ、部屋まで来てしまってすみません」

晩彦の仕事は激務だ。朝食は一緒にとれるが、それも六時台で、夕食を一緒に食べることは週に一度日曜日くらいだ。運がよければ土曜日も食卓を囲めるが、ほとんどの場合、付き合いでどこかに行ってしまう。

平日の今日も、すでに時計は二十二時を回っていた。

「どうぞ」

琹里が晩彦を招き入れる。このやりとりもお決まりになってきた。

晩彦がお茶の用意をしてきて、しばらくふたりきりで話をする。

その日、お互いどう過ごしたか。もしくは結婚式についての話。

話すべきことはいくつもあった。

「今日は、和菓子を買ってきました。出先で有名な大福のお店があって」

「わぁ……、お忙しいのに、ありがとうございます」

いつも気を遣った茶菓子もついている。

(お夕飯は一緒に食べられないから、こうして話す時間は大事にしないと)

私室にある応接セットに並んで座り、夜のティータイムを過ごす。

ソファはふたりがけのものがひとつしかないので、横に座るしかない。

時折膝がぶつかるほどの距離に座る……ことにようやく慣れたはずなのに、ここ最近どこか気まずい。

不自然な沈黙に気がついたのか、暁彦が栞里に体を向けた。

「何かありましたか？」

暁彦は真剣な様子で問いかけた。

「何もないです、今日もみなさん優しくしてくださいました」

「……ですが……」

暁彦は長時間、責任のある労働をして、そのあとこうして時間を作ってくれている。

そんな相手が、ただ家の中で習い事やレッスンに明け暮れている自分を心配することが、ひたすらに申し訳がない。

栞里は素直にそのことを伝えることにした。

「負担ではありませんか？　こうして私のお世話をしてくださるのは」

口にしてみると自意識過剰な気がしたが、質問した後に言葉が返ってくることはない。

ボールは暁彦に渡ったのだ。

栞里は手にしたティーカップの中の、澄んだ紅茶をじっと見下ろした。

「わたしは負担に思ったことはありませんよ、栞里さん。あなたと話をしたくて、こうして足を運んでいます」

「……お忙しいのに」

「以前に比べれば早く帰るようになりました」

その言葉にぎょっとした。

暁彦は義父と一緒に運転手付きの送迎車で出社しているので、終電という概念とは縁がない。だからといって、人間は睡眠時間を確保できなければ、満足に労働できないはずだ。

「栞里さんがどうしているか、気になるので」

「そう、なんですね……」

「栞里さん、遠慮せずに言ってください。わたしはあなたに何かを我慢させたいわけではありません」

我慢、なのだろうか。

結納――いや、恐らく北見《きたみ》の家でのパーティーのときからずっと、栞里はひとつの疑念を抱えたままだった。

さまざまな習い事の先生たちと過ごす時間で、それはどんどん大きくなり岩のように重くなっていった。

櫻庭家に、自分は相応《ふさわ》しくない。

井沢《いざわ》飲料の最大の株主という立場ではあるものの、経営や家の内情をほとんど知らない。そのうえ、義母が当然のように身につけている茶道や華道などのもてなしの知識が何ひとつない。

これから覚えていけばいいとは言われているものの、恐らくこういう習い事を幼少期から続けている令嬢は五万といる。

櫻庭の家に入り、スムーズにその役割をこなせる人は栞里以外にいるのだ。

「……どうして、私を助けてくださるんですか？　井沢の家が傾いているのなら、なおさら暁彦さんにはなんの旨味《うまみ》もない話ですよね」

栞里や叔母たちだけが得をする話だ。この結婚で、暁彦が井沢飲料の社長になるわけではない。

「あなたは恩人だからですよ」

暁彦は栞里を恩人だといつも言ってくれる。

しかし、八歳下で特に接点もなかった栞里が、彼に何かできたとは到底思えない。

「その……申し訳ないのですが、心当たりがなくって……」

「わたしの部屋に来ませんか？」

「え……？」

「お話しします。あなたが妙な男に嫁がされて、家中が引っかき回されるところを見たくはなかった理由を」

「理由があるんですか？」

栞里が驚いて聞き返すと、暁彦はふっと笑った。

「ありますよ。わたしは善人ではありませんから」

晩彦の部屋は隣にあるが、一度も訪ねたことはない。

緊張しないといえば、嘘《うそ》になる。男性の部屋なんて入ったことがないのだ。

晩彦はそのことに頓着しない様子で、栞里を招き入れる。いつも栞里の部屋に来ているのだから、その延長線上に考えているのかもしれない。

栞里はカチコチに固まったまま、おずおずと部屋に入った。

はじめて入った晩彦の部屋は、栞里の部屋とは違い質実剛健という印象だった。栞里の私室とは対になっているのだろう、家具の配置が左右反転している。

グランドピアノの代わりに大きな執務机が置かれており、その机の方に晩彦は真っ直ぐ歩いて行った。

そして、ひとつの写真立てを取り上げ、栞里に差し出す。

その写真立ての中には、若い義両親と幼い晩彦と千春……そして、もうひとり青年が映っていた。

「兄に会ったことはありましたか？」

「いえ、会ったことはないと思います。今はどちらに？」

「――この写真を撮ったのはわたしの十五歳の誕生日で、兄は十八歳でした。この半年後、急逝したんです。血液ガンで、あっという間でした」

写真立てを落としてしまいそうになった。

半年後に家族に襲う悲劇を誰も知らずに、笑顔で写真に収まっている。

「兄は優秀で、幼い頃から家を継ぐことを期待されていました。おかげでわたしはチェロに集中することができました。あなたと同じ教室に通っていたのもその頃です」

「……もしかして、音楽教室を辞めてしまったのは……」

「兄の代わりに家を継ぐための勉強をするためです。わたしは、あまり器用な方ではないので、どちらかに集中する必要があって」

「でも、今もチェロを弾いてらっしゃいますよね？」

指先にはまだ弦のあとがあったし、暁彦の部屋から時折チェロをつま弾く音も聞こえてくる。確かに、音楽大学で学ぶようなレベルでの演奏ではないが、十分うまいはずだ。

「あなたのおかげなんです。栞里さん」

暁彦がゆっくりとつぶやいた声を聞いて、栞里は首を傾《かし》げた。

彼は柔和な笑みを浮かべている。

「あの日、教室を辞めるその日に、あなたに久々に会いました。――覚えていますか、わたしと一緒に『愛の挨拶《あいさつ》』を最後に弾いた日のことを」

「あ……」

思い出した。

いつものように暁彦を見つけて駆け寄って、『愛の挨拶』を弾いた。

——ねえ、次はいつくるの？

栞里自身がコンクール明けで、暁彦との時間を作れたのは久しぶりのことだった。

わくわくしながら尋ねると、暁彦は無表情で首を振った。

——もう辞めるんだ、だから今日が最後だよ。

——……そうなの？　すごく楽しかったのに、またいっしょに弾きたかったな……

素直な感想だった。暁彦は子ども扱いせずに、そして、栞里との演奏を嫌がらずに一緒に弾いてくれた。

すでにピアノで頭角を現していた栞里を不必要に持ち上げたり、逆に訳もなく嫌う人も多かったりした中で、フラットに接してくれる暁彦との時間は、栞里にとっても心地よかったのだ。

言葉に詰まった様子で黙っていた暁彦が、何かを言おうと口を動かしたとき、ぽろりと涙が零《こぼ》れ落ちた。

——そんなに好きなら、辞めなくてもいいんじゃない？　またいっしょに弾こうよ。約束だよ？

チェロを辞めることに未練があると思ったのだ。栞里はまだ幼かったし、暁彦の境遇を知らなかった。

単純に、暁彦の弾くチェロが好きだった。

だから、また一緒に弾きたい。それだけだった。

「あなたはもうすでに光り輝く星だった。そんなあなたと一緒に弾く時間を、わたしは楽しんでいたんです。そんなあなたに『約束だ』と言われて、どれだけ救われたか、分かりますか？」

「……でも、そういう風に言うことは簡単ですよ。私は何も知りませんでしたから……」

「そうかもしれません。でも、わたしはあなたに夢を見た。あなたがピアノで躍進する姿を見る度に、自分の夢を委ねることができた……もしも続けていたら、あなたと一緒に弾けただろう。あなたのように世界に羽ばたくことができただろう、と」

「暁彦さん……」

「この間のパーティーで、一緒に弾けて……――あなたが思っている以上に、わたしは幸せです。釣《つ》り合わないと思っているかもしれないけれど、十五年の間、わたしはあなたに支えられていた……どれだけつらくとも、活躍を思えば、演奏を聴けば、活力になった……。だから、あなたが苦しむ姿なんて、見ていられなかったんです」

「私も一緒に弾けて嬉《うれ》しかったです。またピアノを弾けるようになったのは、あなたのおかげです」

栞里を見下ろす視線が、ゆっくりと潤んでいく。

ああ、この人は分厚い鎧《よろい》をまとっているのだ。名家であり、日本有数の商社の後継者になるために、自分を律しているのだ。

「……昔は『わたし』って言っていましたか？」

「いえ。フォーマルな場面では『わたし』と呼ぶようにしているだけです」

「なら、私の前ではご家族と話すような呼び方にしてください」

少しでも気楽に過ごしてほしい。栞里を助けたいと思うのならば、自分のことも大事にしてほしい。

そう考えることは何かおかしいだろうか。

「あなたがそう言うのなら、栞里さん。努力をします」

「努力、ですか？」

「はい、長い時間、人に本心を隠してきましたから。表に出すことはすぐにはできないかもしれません」

「なら、待ちます」

本心からそう思った。

なら、待とう。暁彦が栞里の前でもっと気楽に過ごせるようになるまで、待とうと。

「あなたは本当に……わたしの心を、救おうとしてくれる……」

暁彦の深い黒の瞳から、透明な雫《しずく》が零れ落ちた。

栞里は咄嗟《とっさ》に腕を伸ばして、暁彦を抱き寄せた。彼は抵抗せずに、肩に額を預けてくれた。

ぬくもりと一緒に涙が染みてくる。少しずつ濡《ぬ》れるその肩の温度が愛おしくて。慰《なぐさ》めたいと思っている心に反して、栞里の心臓はうるさくバクバクと音を立てるので、その音が暁彦に聞こえていないことだけを祈っていた。

♪〜♪〜♪〜♪〜♪

結婚式に関しては、胸躍るものではなかった。

一般的な意味合いよりも、かなり顔見せの要素が強い。慣れた業者に頼み、よしなにと伝えて用意を進めてもらった。

栞里は招待客の名前と顔、そして肩書きを覚えることが最重要任務だった。いかに井沢の家がそういう付き合いに無頓着だったのかを痛感させられる。

結婚式という儀式は通過儀礼のひとつであると痛感するし、そのための準備は多分にあった。栞里は必死にその仕事に取り組み、義母もサポートしてくれた。

櫻庭家の人間としてのはじめての仕事だ。

衣装のひとつも、栞里の希望では決めることが難しい。気をつけることがあまりにも多すぎて、栞里も自分で決めることが怖かった。

そうして迎えた結婚式の当日、栞里は式場スタッフに指示されるがまま過ごした。

絢爛《けんらん》豪華の形容詞が相応しい式の招待客も、とても豪華だ。

政財界のトップが集まる会場を眺《なが》めて、自分が結婚するというのに『今このホテルが火事になったら、大変な混乱が起きてしまう』という場違いな空想が浮かぶ。

式のことは、ほとんど記憶がない。

前日のリハーサルから、当日朝早く起きてのヘアメイクや着付け。神前式の会場から披露宴会場へ移り、お色直しも白無垢《むく》から色打ち掛け、カラードレス二着と計四回も行った。

途中で水を一口含んだ程度しか時間は取れず、緊張していたので、ブライズルームに用意されていた軽食の類《たぐい》も食べる余裕がなかった。

縁談が持ち上がったのは大学を卒業した三月で、実際に式を挙げたのは、その年の十二月だった。

十二月らしからぬ陽気のその日、栞里は正式に櫻庭栞里となった。

翌日、ホテルのレストランの個室で、両家の食事会が開かれた。

昨晩は結婚後はじめての夜ではあったものの、疲労困憊《こんぱい》の栞里は早々に眠ってしまった。

朝、時間だと起こしてくれた暁彦に謝罪したが、彼も「疲れていたのでゆっくり眠れました」と穏やかにフォローしてくれた。

それぐらい、怒濤《どとう》のスピードで昨日は過ぎていった。

両家の食事会は、終始和やかな空気だった。

前日の式の疲れでぼうっとしていた栞里は、いつものように繰り出される叔母の言葉を半分も聞けていなかったが、すぐそばにいる暁彦が代わりに返事をしてくれるので、それに甘えてゆっくりと食事をした。

(……食べられる量が、増えた……)

ランチコースの途中、メインの魚料理についていたパンをちぎりながら、栞里はそのことに気付いた。

今まで叔母といるときは食欲がなかったのに、今日はゆっくりとではあるが、食事をすることができている。

少しの変化だけれど、驚いた。

食事が苦手だったが、普通に食べることができている。

「これで、無事、肩の荷が下りましたわ」

叔母がゆっくりとつぶやいた。

「親代わりをしてきて、ようやく、この子も大人になりました」

しみじみとした言葉に、栞里の手が止まる。

暁彦も手を止めて、叔母を見て頷《うなず》いた。

「そうですね。式の前に婚姻届も提出いたしました。ですから、彼女は櫻庭家の人間になりました」

「ええ。よろしくお願いしますね、まだまだ不慣れなことばかりだと思いますが……」

叔母の言葉を、暁彦が遮《さえぎ》るように視線を向けた。栞里もびくりとするほど、温度のない目だった。

「――……これで、あなた方と栞里さんは他人になりました」

「は……？」

「覚えていませんか。あなた方への融資のための契約書を」

「ああ……、覚えていますが、あれは会社の融資のためのもので……」

「弁護士には相談はされなかったんですか？　わたしはすすめましたが」

「だって、別に……この子を助けてくださるって話で」

「ええ。栞里さんを助けるためのお話です。あなた方が後見人として得ていた権利を手放していただくためのね」

「なっ」

暁彦の言葉に、叔母がいきおいよく立ち上がった。

椅子《いす》がひっくり返り、カトラリー類がぶつかる音が響く。

「何を言っているんですか?」

「彼女はすでに成人していますよ。親権者の同意は必要がない年齢になっていたんですよ。彼女の名義の株や資産の管理の委任はすでに終了しています」

「……でも、姪は何も知らないですし……」

「あなた方もでしょう。わたしが結婚に際して出した条件もちゃんと確認せずに、サインをしたのだから」

「そ、そんなのだまし討ちじゃないですか! 助けてくれると言ったのに!」

「弁護士に依頼しなかったのはそちらですよ。わたしは確認しましたよね。本当にいいのかと」

「そんな……」

叔母は真っ青になって震えていた。立ち尽くして、暁彦を睨《にら》むように見つめている。

茱里は話についていけず、交互に叔母と暁彦を見る。

(……契約書……? 一体、どういうこと……?)

茱里と叔母の関係は、あくまでも後見人だ。

まだ未成年だった茱里と養子縁組する選択肢もあったが、叔母はそれを選択しなかった。

茱里の相続分はすべて、茱里に権利がある状況のままだ。だが、実際には茱里の日用品や生活費など、必要に応じて叔母が利用してきた。

それは当然だ。茱里は何もできない子どもだった。

両親から受け継いだ株式は、株主として株主総会への出席義務もあったが、すべて叔母に委任していた。

「井沢飲料の株主総会は、来月ですね。そこで役員たちは、あなた方の役員解任を決議し、有能な幹部を社長に据え経営の建て直しを図ります」

「何を一体……どんな権利があって……」

「同じ言葉をあなたに返します。あなたは後見人でしたが、すでに栞里さんは成人して、決定権があります。たとえ未成年でも、結婚をすると法的には成人したと見なされることもご存じですか？」

「……私たちは……この子を育てて……」

「育てた？」

暁彦の声が、すうっと低くなった。

「あなたたちの自宅には、グランドピアノはおろか、アップライトピアノもなかった。彼女は人のいる前では満足に食事すらできなかった。それのどこが『子育て』なんでしょうか」

「この子は学校でピアノを弾いていましたし、集合住宅なんですから、騒音は……」

「騒音？　彼女は国際コンクールで入賞するほどの才能の持ち主ですよ。学校のレッスンだけで成績を残せたのは、彼女がピアノを離れても努力していた証左でしかありません。あなたたちの力ではない」

「なっ……」

「彼女の人生は、あなた方の贅沢《ぜいたく》のためにあるわけではありません」

ああ。

そうか。

琛里はすとんと胸の奥に何かが落ちた気がした。

叔母たちと暮らしてから、実家のマンションの部屋は借り物のようだった。琛里は家具に傷を付けないように暮らし、運指練習用の紙鍵盤だけを頼りに練習を繰り返していた。耳の奥にこだまする音を頼りに、自分の中の世界を旅する。

私の人生は、あの家の中にはなかった。

「琛里さん、行きましょう」

暁彦は琛里に視線を送り、優しく促す。

琛里は膝の上に載せたナプキンを外し、テーブルの上に置いた。

そして、立ち上がる。

「……はい」

去るのだ。

すでに、あの家で暮らした日々は遠くなった。琛里は自由になるのだ。そのために、歩く方法を暁彦は一緒に探してくれるという。

栞里は、叔母たちに体を向けた。そして頭を下げる。

「叔母さま、今日までありがとうございました」

「恩を忘れたの⁉　兄さんたちが亡くなって、廃人のようになっていたあなたの面倒を見たのは誰⁉」

「叔母さまです」

十五歳で両親を失い、ひとりきりになった栞里に寄り添ったのは、確かに叔母だった。

さまざまな選択に迫られた栞里を守り、代わりにいろいろ決めてくれた。

当時は、それでよかったのだ。

だが、いつまでも栞里は子どもではないし、両親と叔母が疎遠だったことにも理由があった。

栞里は顔を上げる。怒りを前面に出した叔母を見ても、以前のように萎縮することはなかった。

「私の結婚相手に暁彦さんを選んでくださって、ありがとうございます」

自分の人生……そう言われたときに、栞里の世界には叔母たちの姿はないのだと、今、気がついた。

新しい人生が、幕を開けたのだ。

櫻庭邸の門を車が通り、もう見慣れた庭園が自分を迎えてくれる。

「お疲れ様でした」

その光景にほうっと息をついていると、暁彦が声をかけてくれた。

「暁彦さんこそ、お疲れ様でした。大変でしたでしょう、二日間も」

「いえ、わたしはほとんどが見知った顔でしたから。それにああいう場も慣れていますし、主役というのは、はじめてでしたが。花嫁が主役でしょう、みな、あなたに注目する……とても似合っていましたよ」

「ありがとうございます。馬子にも衣装といいますし、素敵《すてき》なお着物でした」

そう言うと、暁彦は少し苦笑した様子だった。

「このあと、もしよかったら、お時間をいただけますか?」

「……構いませんが、どうかしましたか?」

まだ日は高い。どこかに出かけるのだろうか。

車を降りてすぐに、応接間に通された。

「え……っ」

そこには、ぽつんとトルソーが置かれていた。

トルソーは見覚えのあるドレスをまとっていた。オフホワイトの総レースのエンパイアドレスだ。

「式では白いドレスを着る機会はありませんでしたから、こうして用意してみました」

「そんな」

「あなたが見ていたことに気付いていました」

ドレスショップに飾られていた中で、栞里はこれが一番気に入った。

だが、白無垢と色打ち掛けはすでに決まっていたため、誰にもそのことは言わなかったし、自分自身もこうして見るまで忘れていたくらいだ。

なのに、暁彦は気付いていたのだという。

驚きと同時に、胸の奥に光が差したように温かくなる。

「よかったら、庭で写真を撮りませんか？　あの式はあまりにも公すぎて、よそよそしいものでしたから」

「いいんですか……？」

「もちろん。栞里さんがおいやでなければ」

「着たいです、けど……私、メイクも髪の毛も何もできなくて……」

必要最低限、ファンデーションを塗って口紅を塗るくらいはできるが、メイクというほどのことはできない。

コンサートなどでもほとんど気を遣わなかったし、演奏会などに呼ばれたときは、朝早く美容室に駆け込んでヘアメイクをしてもらっていた。

「お義姉《ねえ》さん、わたしでよければやるよ！」

「千春《ちはる》さん……っ」

「へへ、一回お義姉さんにメイクしたかったんだよね～。ほら、ちぃ兄はさっさと出て、しっしっ」

両手にメイクボックスを抱えた千春が、上機嫌で部屋に入ってきた。

昨日は紺地の振り袖で華やかに装っていた千春だが、今日はいつものようにシンプルでスタイルがよく見える格好をしている。

「じゃあ、ソファに座って。さっさと準備しよう」

千春に促されるまま、栞里は準備のために動きはじめた。


ドレスを蹴るようにしながら足早に進み、庭園へと出た。

東屋《あずまや》にタキシードに着替えた暁彦がいた。彼も式当日は着ることのできなかった、白いタキシード姿だ。中のベストは淡いピンク色だったが、その色が顔色を明るく見せていた。

カメラマンに促されて、栞里は東屋に向かった。

ドレスの衣擦《きぬず》れの音に、暁彦が顔を上げる。

そして、ふっと笑みを深くした。

「きれいです、とても」

そう言われて、はにかみながら栞里は自分の髪に手を当てた。

三つ編みはカチューシャのように編み込まれ、ダウンスタイルの髪にはラメがきらめいている。

「千春さんが全部やってくれました。メイクも、ヘアセットも」

「いえ、あなたがきれいなんですよ」

真っ正面から褒《ほ》められて、顔が熱くなる。

暁彦はいつでも、真っ直ぐに栞里に言葉を伝えてくれる。

「これから、あなたは自分で歩いて行く道を探すのです。その手伝いをします」

「頑張ります、期待に応えられるように」

「期待に応えようとしなくても構いません。栞里さんの人生は栞里さんのものなのですから。わたしたちの期待なんて、気にしてはいけませんよ」

「少しくらい、期待してください」

口調が少し子どもっぽくなってしまった。ただ、本当にそう感じたのだ。

期待をされないということが、とても悲しく感じた。

タキシードとウェディングドレスで向かい合っていても、夫となるというのに、まだまだ他人のままだ。

さみしい。

なんだか、自分がひどく子どもじみている。

「わたしは十分、幸せです。あなたがピアノとも自分の人生とも向き合ってくださって。それは……本当に……尊いことなんですよ」

本当に大事そうに言いながら、暁彦が栞里の髪を撫《な》でた。

頭を撫でられるのなんて、いつぶりだろうか。

何年も何年も、ひとりでいた気がする。

両親を失ったとき、絆《きずな》を失ったと思っていたが、それは間違いだったのかもしれない。

私は、まだ失っていなかったのかもしれない。

じわりと涙が浮かぶ。安堵《あんど》が体の底からこみ上げてきた。

「すみません。やっぱりお式、緊張していたみたいで……」

暁彦が優しく微笑《ほほえ》みながら、涙を拭ってくれる。その手が触れる温度にどきりとした。

時間がゆっくりすぎるようだ。

ようやく結婚式らしい、はにかんだ気持ちがこみ上げてくる。

しばらく見つめ合っていると、暁彦がふっと目をそらして、庭園に体を向けた。

「さぁ、そろそろカメラの方を向きましょうか」

「はい」

栞里が向き直ると、ドレスのトレーンを暁彦が整えてくれる。

暁彦の隣で、胸を張って立つ。

すっかりカメラを忘れていたことにようやく気付いて、少しだけ赤くなってしまった。

「では、お疲れ様でした。ゆっくり休んでください」

ドレス姿のまま自室に戻る。扉のところで、暁彦は栞里を優しく促した。

「あ、あの」

「はい？」

「その……」

暁彦は微《かす》かに首を傾げて、言葉に詰まった栞里を待ってくれる。

いつもそうだ。暁彦は栞里を待っていてくれる。

ピアノのこと以外に関して、栞里は意見がないことが多い。善し悪しも何も、どうにもピンとこないのだ。

だからこそ、こうして言葉を選ぶことも苦手だった。

思ったことを直接的に言いすぎると、叔母に何度も叱《しか》られた。

いや、やめておこう。櫻庭の家のことは分からない。一般的に考える『新婚』とは違うのかもしれない。

栞里は内心で納得して、ひとり頷《うなず》く。

そして、暁彦に頭を下げた。

「な、なんでもありません……そ、その……お、おやすみなさい」

「はい、おやすみなさい」

先に部屋に入り、その場にずるずるとしゃがみ込んだ。ドレスのスカートに埋もれるようにして、顔を覆《おお》う。

「……一緒に寝ないんですか？　なんて聞いてよかったのかな……？　でも、お式のあとは私が先に寝ちゃったしな……」

せめて、キスくらいしてもらえばよかったのだろうか。

（結婚式だし、キス……するかと思ったけど……）

庭園でのフォトウェディングの時間は、昼間の結婚式に比べてプライベートの空気感があったので、もしかして……と思ったが、ついぞそういう接触はなく、そのうえ部屋も今までどおり別々だ。

「……失礼だったかもしれない……期待をしてしまったのは」

暁彦は、恩返しのための結婚だと言っていた。

栞里を救うためのものだと。

そんな相手と、キスは難しいのかもしれない。

そう思うと、少しだけ胸の奥が痛む。

その姿勢のまま、しばらく、栞里は息を潜めていた。

♪～♪～♪～♪～♪


彼女が部屋に戻ったことを見届けてから、暁彦は自室に戻った。

がらんとした部屋の窓に、タキシード姿の自分が映っていた。

――少しくらい期待してください。

この声が、ずっと耳の奥で響いている。

「はぁ……こっちの気も知らないで……」

結婚に関して櫻庭の家の都合に付き合わせたので、一度くらいは彼女の望むことをしたかった。

自分たちの結婚式を好きにすることが叶《かな》わないくらい、さまざまなしきたりが存在する。

ここ数年――正確には叔母夫妻が養育してから、栞里は自分の意見を表に出さなくなった。

彼女は自分の結婚についても同じだった。

暁彦にも櫻庭の家にも意見を出さない。

そんな中で唯一、ウェディングドレスだけは気に入った様子があった。

櫻庭家としての結婚式ではなく、栞里のために何かをしたかった。それで、庭園での写真撮影を思いついたのだ。

とても似合っていた。

白無垢よりも何よりも、一番彼女は清らかに見えた。

（……ドレスは見慣れていると思っていたんだが……）

誤算だった。

たっぷりとしたトレーンを持ち上げて、笑顔でこちらに走ってくる彼女を見た瞬間から動揺した。

コンクールや演奏会での盛装を見慣れていた暁彦でさえ、はっとするほどの美しさがあった。

暁彦を見つけて徐々にスピードを上げて駆け寄ってくる姿といったら。

結婚という手段をとったものの、それはあくまでも彼女を守るためだった……はずだ。

ピアノを再開してから、見るからに栞里は明るくなった。少しずつではあるが自分を取り戻せているのだろう。

部屋から聞こえるピアノの音も、少しずつ力強さを増していく。

結婚という手段で彼女を守ったのは緊急手段だった。彼女が自分で判断できるようになるまでの、時間稼ぎだ。

それまでに、栞里が奪われた知識も、感情も、笑顔も取り戻す。

その手助けをするために、献身すると決めていた。

いつか、彼女が巣立ちたいと言ったときに手放せるよう、きちんと自分を律しなくては。

暁彦はひとり、密かに決意を新たにした。

第四章　あなたを好きになってしまいました

晩彦《あきひこ》との結婚式を終えて、名ばかりとはいえ夫婦になった。

今までと何が変わるわけではなく、晩彦は結婚指輪をはめたが、栞里《しおり》はチェーンに通して首に下げている。

このチェーンも、晩彦が用意したものだ。

ネイルもそうだが、栞里はアクセサリーをつけない。つけても、アップスタイルにしたときのヘアアクセサリー程度だったので、何かをつけているということが馴染《なじ》まないのだ。

——彼女はピアノを弾くので、チェーンも欲しいのですが。

指輪を見る前に、まず彼はそれを依頼した。何種類か提示されたチェーンの中から、指輪と同じプラチナの、留め具がマグネットのものを選んだ。

ネックレスもほとんど付けたことがないので、晩彦のすすめてくれたマグネット式の留め具はとても便利だった。寝るときだけ外して、ベッドサイドのアクセサリートレーに置く。

そのトレーも晩彦が選んでくれた。

栞里は空き時間があれば、自室のピアノで簡単な練習をした。

ピアノから遠ざかっていたのは、実質的にはほんの数週間のことだ。

それでも、レッスンを再開してから、思うように指が動かないことに愕然《がくぜん》とした。

理屈では分かっていたが、もともと体が弱い方ではなかった栞里は風邪もほぼ引いたことがなく、長期的にピアノに触れられなかった時間はほとんど経験していなかったのだ。

思いのほか、事態は深刻なのかもしれない。

元のように弾けるまでに、どれだけの時間がかかるか分からない。想像していたよりも、深刻なほどに指が動かないことに気がついた。

「ノックノック。こんにちは」

千春の声がした。

振り向くと、自室の扉のところに千春が立っている。

「千春さん」

「お邪魔してもいい？」

「はい、もちろん」

自室の扉を、ピアノの練習中は開けておくことが多い。

音が漏《も》れることを気にしていた栞里に、櫻庭《さくらば》の家族は「聞こえる方が嬉《うれ》しい」と言い、栞里の演奏を聴きたがった。

練習中はどうせ、集中してしまえば誰がいても気にならないので、栞里は扉を開けっぱなしにするようになったのだ。

許可をもらった千春は、部屋に入るとソファの上にあぐらをかき、クッションを抱きかかえた。

彼女は家族以外の前では、きちんと令嬢らしい振る舞いをするが、家の中では無防備な姿を見せる。その中に自分が含まれていることが、とても嬉しかった。

「最近、こうしてお義姉《ねえ》さんと話せる時間がなかったからさ。どう？　困ってることない？」

「ありがとうございます。大丈夫ですよ」

「本当？　ちぃ兄とかお母さんには言いにくいこととかあったら、わたしに言ってよ？」

千春は、とても明るい。

「っていっても、話しにくいよね。お義姉さんのこと、わたしは一方的に知ってたけど、お義姉さんは知らないわけだし」

「私のこと知ってらしたんですか？」

「うん。知ってたよ」

あっけらかんと千春が頷《うなず》く。栞里は接点を思い出そうとしたが、特に浮かぶことはなかった。

「音楽教室……にはいらっしゃらなかったですよね」

「そうだね。あれはちぃ兄しか行ってない。きょうだいの中で音楽に興味があったのが、ひとりだけだったから」

「そうなんですね……意外です」

「そう？　まぁ、お義姉さんは会ったことないけど、一番上の兄とわたしはどっちかっていうと体を動かす習い事の方が好きだったんだ。子どもの頃、ちぃ兄はよく面倒見てくれたけど『千春に付き合ってたら体がもたない』ってよく言ってたよ」

「……じゃあ、どこで私と千春さんは会っていたんですか？」

「ちぃ兄のお迎えで音楽教室に行ったり、一緒にコンクール見に行ったりしてたから」

「なるほど」

盲点だったが、確かにそうだ。暁彦がずっと応援してくれていたことを、家族が知らないわけがない。

「質問を変えよう。ちぃ兄は、優しい夫ですか？」

「もちろんです」

「返事早いね！」

「暁彦さんはとても優しいですよ。私にはもったいないくらいです」

本心だ。

「どういうところが優しい？」

「ええと……そうですね、私を怒りません」

「……」

千春は一瞬、眉を下げて黙った。

「千春さん？」

「ううん、なんでもない。それ以外には？」

「それ以外……」

困ってしまった。

暁彦は、とにかく優しい。栞里を大事にしようとしてくれているのが分かる。必要以上に大事にされているとも。

栞里が口ごもっていると、ぐいっと千春が身を乗り出して、びしっと指さした。

「お義姉さん、今何を思った？」

「え？」

「今、見たことない顔をしてた」

そう言われて、咄嗟《とっさ》に頬に手を当てる。どんな顔だろうか。ピンとこないが、不快にさせる顔ではないといいが。

「その……とても優しいのですが、必要以上に大事にされている気がして……」

「うんうん」

「もっと、夫婦は対等でいいと思うんです」

叔母と叔父は明らかに対等ではない。まるで叔父は叔母の付属品のように意見を言わないし、逆らった姿を見たことがない。

暁彦は、自分で人生を選べと栞里に言ったが、今明確に分かっていることは、ピアノを続けたいということと、叔母夫妻のような夫婦にはなりたくないということだ。

「なるほどね～、それはちぃ兄が悪いね」

千春はうんうんと大きく頷いた。

それからにっこりと笑い、栞里を手招きする。

「対、ちぃ兄戦の秘訣を教えましょう」

「え……？」

栞里は耳打ちされた言葉に驚き、少し赤面した。けれど、大きく頷いた。


その晩、いつものように仕事終わりの暁彦が、お茶の用意をして部屋を訪ねてきてくれた。

「……お疲れですか？」

「いえ、大丈夫です」

大丈夫だと言うものの、暁彦は今すぐにでも眠りそうな顔をしていた。よっぽど疲れているのだろう。なら、寝た方がいいに決まっている。

栞里は暁彦の手からトレーを奪うように取り、テーブルに置く。

「横になってください」

「いえ、でも……今日は何も話せていませんし」

「体を壊してからじゃ、話すも何もないです」

「ですが……こうでもしないとあなたとの時間が」

暁彦は強情にもそう言いつのる。

――お義姉さん、うちのちぃ兄の弱点はね、お願いだよ。昔から、人に頼まれたことを断るのが苦手なの。ストレートに言うと、特にね。

千春の言葉を思い出し、栞里はぎゅっと自分のルームワンピースを握りながら口を開いた。

「無理をされても、嬉しくないです……その、なら……一緒に寝ませんか」

「………は？」

「ですから、一緒に寝ましょう。その……話すって言葉じゃなくてもいいと思うんです」

「……わたしと、あなたが？」

ストレートに言ってみたが、暁彦はどこか呆然《ぼうぜん》とした様子だ。

お願いに弱いと聞いていたが、妹と栞里では立場が違う。調子に乗ってしまっただろうか。

「ここには私たちしかいません。……もしかして……おいや、でしたか？　すみません、その、夫婦になりましたし……ええと……いつも暁彦さんによくしてもらっているばかりで、私もちゃんとしたくて……」

　言葉尻がどんどん弱くなってしまった。

「栞里さんは、ちゃんとしていますよ」

「いえ、甘えてばかりです。私も暁彦さんに頼られるようになりたいんです……お荷物になりたくはありません」

「……参ったな」

　ピアノをするだけが人生ではない。

　確かに多くの時間を費やしてきたが、ほかにも大事なことはいっぱいある。

「あとから、後悔するようなことはしたくないんです」

　当たり前はずっと続くわけじゃない。

「お願いします。一緒に寝てください……！」

　暁彦は栞里を見たまま、じっと黙り込んだ。眠そうな目ではあるが、必死に考えているのが分かる。

　後悔は、しない。

　そのために行動しなくてはならない。両親が亡くなったとき、痛感した。

　当たり前の日常はいともたやすく日常ではなくなるのだ。

　栞里はそのことを知っている。

晩彦がこうして部屋に来てくれるのも、今日が最後になるかもしれない。なら、せめてパートナーらしく気遣いたかった。

その気持ちを込めて、晩彦の目を強く見つめ返す。

先に根負けをしたのは晩彦だった。

彼はため息をつき、前髪をぐちゃぐちゃとかき交ぜた。

「少しでもいやだったら、わたしを蹴落としてください」

「蹴落とすなんてしません！」

「もののたとえです」

よかった。

少しでも、晩彦を癒《い》やすことができるかもしれない。ほっと内心で息をつく。

ふたりはそろそろとベッドに横になった。そもそも大きなベッドなので、ふたりで横になっても十分な広さがある。

「今日もお疲れ様でした」

「琹里さんも。今日は、何をしましたか？」

晩彦の問いに、いつもの調子で答える。彼は静かに聞いていたが、ゆっくりとまぶたが落ち、目を伏せている時間が長くなっていく。

そのまま、寝てもいいのだ。

琹里は声のトーンを抑えて、暁彦に今日の出来事を囁《ささや》き続けた。彼が完全に目を伏せ、規則正しい息を吐《は》くようになるまで恐らく五分も経っていない。

（……本当に疲れてたんだ……それなのに、私のところに来てくれて）

いつもは広すぎてさみしいくらいのベッドが、ちょうどよく感じる。

自分以外のぬくもりを感じることなんて、いつぶりくらいだろう。もしかすると、はじめてかもしれない。

生まれた頃から自分の部屋があり、両親はベビーモニターを置いて琹里を育てた。添い寝をされたことは記憶にある限りはない。

（あったかいな……）

暁彦の寝顔を眺《なが》める。無防備な子どものように穏やかな顔だった。

それを見届けて、琹里は部屋の電気を消す。

起こさないように少しだけ身じろぎをして、ベッドの中で居心地のいい場所を探し、琹里も目を閉じた。

「ん……」

低いうなり声に、琹里はまどろみから目覚めた。

「う……ん……」

目を開けると薄暗い中でも、暁彦の顔が見えた。

（うなされてる……）

暁彦は苦しげに顔を歪《ゆが》めていた。額に汗が浮かんでいるのも見える。

そっと栞里は手を伸ばし、その汗を拭う。

「暁彦さん？」

やっぱり疲れていたのだ。部屋に来たときから随分と眠そうだったし、栞里と過ごす時間を作るために、こうしてなんとかスケジュールを調整してくれている分、無理も出るだろう。

暁彦のことを、あまり知らない。

知っているのは、彼が打ち明けてくれたお兄さんとのことや、彼の奏でるチェロの音色だ。

無理をしてほしいわけではない。

けれど、こうして訪ねて来てくれることは嬉しかった。

毎日、暁彦に何を話そうと考えながら、楽譜のチェックをしたり勉強をしたりしている時間は、ここ数年のうちで一番充実していた。

額の汗を拭って、毛布をかけ直してあげようとしたそのとき、

「きゃっ」

暁彦の腕が大きく動いた。

たくましい腕が伸び、栞里の背中を抱き寄せる。そのまま、栞里は暁彦の胸に飛び込んだ。

暁彦の心臓の音が不穏なほどに速い音を立てていた。
栞里の体に縋《すが》るように、暁彦は力を込めて抱き締める。
「……んん、……はぁ……」
深い息を吐いて、暁彦が脱力していく。
悪い夢を見ているのだろうか。
栞里は、腕の中で動かないようにしながら、暁彦の顔を見上げた。
ゆっくりと眉間のしわが取れていく。
(ここでは、安心してほしい……)
ぬくもりを分け合えれば、きっと不安な夜も過ごせるはずだから。
——そう思うのに、栞里は暁彦の腕の中で眠れぬ夜を過ごした。

♪〜♪〜♪〜♪〜♪

あの夜を境に、暁彦は栞里の部屋で眠る日もあった。
栞里を抱き締めて眠っていたことは知らないはずだ。朝方に暁彦がようやく寝返りを打ったので、栞里は元いた場所に戻った。

シーツはひやりとしたが、妙に火照《ほて》っていた体を冷やしてくれた。

栞里はピアノのレッスンのあと、迎えを待つために近くの商業ビルに足を運んだ。雑貨を見たかったのだ。

(最近、一緒に寝てくれることも多いから……安眠グッズとかプレゼントできないかな)

自分が普段してもらっている以上のことを、暁彦に返せるとは思わないが、少しでも感謝の気持ちを伝えたかった。

雑貨屋をいくつか見て回ったが、いまいちどういうものがいいのか分からない。

「アロマの匂いのするアイピロー……」

目にとまったものを手に取った。バンド型になっているアイピローは羊のデザインで、とても可愛《かわい》らしいものの、暁彦がつけているところを想像はできなかった。

ただ、安眠できるアロマはいい選択肢のように思えて、栞里はその周囲を歩いて回る。

「抱き枕もある……ラベンダーの匂い……」

安眠効果抜群！　とポップのついた、目を伏せた愛らしい動物たちが陳列されている。

眠りが深くなると暁彦は栞里を抱き寄せるときがあるので、こういうものがあるといいのかもしれない。

手に取ろうとして、ぴたりと止まる。自分と暁彦の間にこの抱き枕を置いて寝る……それもしっくりこない。

もやもやしてきた。はじめこそ栞里は眠れなかったが、最近は抱き締められても眠れるようになった。

むしろ、そうやって眠ることが、好きだ。

「抱き枕が欲しいんですか？」

「え……あっ、暁彦さん⁉」

後ろから声をかけられたけれど、振り向く前に分かった。暁彦だ。

「どうしてここに？」

「そろそろ昼食をと思っていたら、あなたの姿が見えたので」

スーツ姿の暁彦が横に立った。三つ揃《ぞろ》えのスーツは、いつもの彼と雰囲気が違うがとても見栄えがする。

大きな手が、猫の抱き枕の頭を撫《な》でる。

「この猫、少し栞里さんに似てますね」

「え？」

「抱き枕が必要でしたら、買いますよ」

「いいえ、そういうわけではないので……！」

そう、そういうわけではないのだ。

それに実際に暁彦が抱き枕を手にした姿を見たとき、胸の奥にあった不快感はぶわっと膨らんだ。

暁彦が抱き枕を抱えて寝るのはなんだかいやだ。

「どうしました……？　猫じゃない方がいいですか、カワウソとか……ほかだと……ええと」

「いえ……その、実は暁彦さんにって思って」

「わたしに……？　どうして？」

「最近、一緒に寝ることが増えたじゃないですか」

「もしかして、おいやですか？」

「いえ！」

栞里はぶんぶんと首を振った。

「いやとかではなくて、その……その……、一緒に寝ていると時々暁彦さんに抱き締められることがあるので、こういうものがあった方がいいのかなって……思って……」

「…………」

「暁彦さん？」

沈黙に驚いて見上げると、暁彦は目を丸めていた。

心底驚いているようだ。

「そんなことをしていたんですか。わたしは」

「あ、その、毎回ってわけではなくて、時々です。それに私もちゃんと寝ていますから、安心してくださいね」

「そう言われても……」

「ただ、こう……人間なので、私が不意に寝返りを打ったりすることもあるかなって思って……そういうときに、こういうものがあったらいいかなぁとか……安眠グッズみたいなものがあったら、もう少しリラックスしてもらえるかなぁって、いろいろ見てたんです」

うなされている日があるとは、なんとなく言いたくなかった。

「あなたって人は」

「でも、抱き枕は買いません」

「どうしてですか？」

「正直言うと、あんまりいい気がしなかったからです。暁彦さんが私じゃなくて、この抱き枕と寝ているって思ったら、なんだかもやもやして」

「なるほど……なるほど」

二回繰り返しながら、暁彦は抱き枕をきれいに並べ直す。

「なんだかすみません」

「あなたが謝ることはないですよ、わたしが迷惑をかけているんですから」

「迷惑なんて！」

声が大きくなってしまって、栞里は咄嗟に口を押さえた。

暁彦は栞里の手首を掴《つか》んで、雑貨屋を後にする。

掴まれた手首が熱い。目の前にある大きな暁彦の背中が、ベッドの中で見る無防備な背中とは違って、すっと伸びているのを見る。

心臓が、ばくん、と大きく音を立てた。

そう思ってからはだめだった。心臓がスタッカートのように跳ねていく。

こんな風に心臓が動いたことがあっただろうか。

人生の中心にあったピアノでも、こんな風にはならなかった。

苦しい、けれど、嬉しい。

——だからこそ、この人にだけは、失望されたくない。

栞里は、足を止めて暁彦の背中に声をかけた。

「すみません、お店の中で大きな声を出してしまって」

結婚前、叔母に対して反射的に謝っていたのとは違う、心からの謝罪だった。

暁彦も立ち止まり、振り返る。

彼の表情はいつもと何も変わらないようには見えた。

「怒っていません。謝らないでください」

「でも、その……」

「自分が情けないだけです。眠っている間とはいえ、情けない姿を見せてしまったことが」

「いえ、私は嬉しいです」

「嬉しい？」

「はい、なんだか……暁彦さんに許されている気がして。私と違って、暁彦さんはひとりでも完璧だけど、一緒にいていいって言ってもらえている気持ちになるんです」

「完璧なんかじゃない」

「そうですか？　いつも、素敵ですよ」

言いながら、少し泣きそうになった。

結婚したとはいえ、暁彦と栞里の間には何もない。栞里を救うために結婚という手段をとり、櫻庭の家族に迎え入れてくれただけだ。

暁彦は栞里の手を取った。そして、その手を、自らの胸に押し当てる。

「分かりますか」

栞里ははっとして暁彦を見上げた。

手のひらの下、彼の心臓も自分と同じくらいうるさく鳴り響いている。

「……これでも、照れているんです」

そう言ってはにかむ彼の笑顔は今までで見た中で一等、美しく見えた。

その晩、暁彦が栞里の部屋にやって来たとき、その手にはいつものお茶の用意がなかった。

昼間、暁彦と雑貨屋を出てすぐに、迎えが来てしまった。恐らく、本当は食事に誘ってくれるつもりだっただろうに。

部屋の中には若干の気まずさが漂っていた。

栞里はピアノ椅子に腰掛けて、暁彦を迎え入れた。

ここが一番安心する。

「栞里さん、大事な話があります」

「はい」

「昼間のことです」

誠実なまなざしに胸が痛んだ。

ごまかさずにきちんと話をしてくれることを、喜ぶべきだろうか。もしも、その答えが栞里を拒絶するものでも？

思考はぐるぐると回っていく。

暁彦が栞里の前に立ち、床に膝をついた。

「わたしはあなたと結婚するときに誓いました。あなたの選択を阻害しないと。あなたの望むことを後押しするために。あなたの人生をまた取り戻すために支えようと」

「……はい、ずっと仰《おっしゃ》っていましたね」

「ですから、自分の欲は隠すべきだと思ってきました。あなたにとって無害な人間でなくてはいけない……あなたから何も奪ってはいけないと」

「はい」

息をするのが、つらい。

いいことだろうか、悪いことだろうか。

指先が少しずつ冷えていく。膝の上に置いた手を、指を組むようにして握りしめた。

「わたしは、年長者として、正しくあるべきだと思います。少なくとも、あなたを応援していた人間のひとりであり、あなたから見ると八つも年上だ」

「あの、すみません……このままだと心臓が持ちそうにないので、そのまま話していただけませんか?」

傷つくのは怖い。

だから、先に線を引いた。

「……正しいことを選択するべきだと、理性は考えています。でも、俺の心は違う、あなたのことを好きになっていた、いつの間にか」

「あ……」

「怖がらせたいわけではないが、もしいやだというのなら、今までの立ち位置に戻る。だが、そうでないなら」

敬語を使わず、暁彦が自分に話しかけてくれている。

それだけでこみ上げるものがあった。

「あなたを俺のものにしたい」

なんて答えても薄っぺらい言葉になってしまいそうで、琹里は頷くことしかできなかった。

ただ、それを見て暁彦は本当に本当に嬉しそうに微笑んだ。

「私も、暁彦さんのことが好きです」

「ありがとう」

彼は立ち上がり、琹里の手を取った。引き揚げられるまま立ち上がり、身を寄せ合うようにして見つめ合った。

「……本当は、結婚式のとき、キスするかと思っていました」

「あなたの同意なく、そんなことはしない」

「私は暁彦さんとちゃんと夫婦になりたいです」

「まったく……あなたという人は……人の気も知らないで……」

そう漏《も》らしながら、ゆっくりと暁彦の顔が近づいてきた。

キスするのだ。ようやく、あの日からずっと宙ぶらりんだったけれど。

琹里も目を伏せる。人生ではじめてのキスだ。優しく、そっと触れる暁彦の唇が、琹里の唇を食《は》んだ。

一瞬怯《ひる》んだが、だめだ。暁彦は絶対にその一瞬で手を引くだろう。

（私だって、そこまで無知じゃない……この先のことは、分かっているつもり）

意識して体から力を抜き、暁彦の服の裾を掴んだ。

「ちゃんと意味を理解して、自分の意志で同意している？」

「はい。分かっています」

「ベッドに移動しても？」

唇が触れ合いそうな距離で囁かれる。

栞里は弱々しく頷くことしかできなかった。


キスを交わしながらベッドに移動し、そのまま押し倒される。

「ん……っ」

うまく息ができず、鼻から甘ったるい息が漏れる。

夢みたいだ。何度も何度もキスをしながら、都合のいい夢を見ているんじゃないかと錯覚してしまいそうになる。

好意を自覚してしまえば、すべてが嬉しくて、すべてが愛おしい。

それに、今までもらってばかりだった。暁彦から与えられるものを受け取っていたが、返すことができる。

暁彦の舌が、そっと栞里の唇を舐《な》めた。その感触に驚いて、ひゅっと息を呑《の》めば、その隙間から熱い舌が潜り込んできた。

そうして、口内をくすぐるように動き回った。

「ふ、ぁ……っ」

先ほどよりも半音高い声が漏れる。

あくまでも、優しくゆっくりとした刺激だった。

それでも、はじめてのキスがどんどん深くなっていくことに、栞里は翻弄《ほんろう》されていく。体の奥の方がほのかに熱を持ち、息が上がる。

彼の舌が口の中を探り、栞里の舌を捕まえる。

舌先同士が触れ合えば、くすぐったさと……不思議な気持ちよさに体が震えた。無意識に刺激を求めて舌を伸ばせば、暁彦は応えてその先を強く吸い上げた。

「……んんっ」

暁彦はうっすらと笑いながらキスをやめて体を起こした。そして、微《かす》かに濡《ぬ》れた栞里の唇を親指で拭ってくれた。

どこかぼうっとしはじめた頭で、栞里は彼を見上げる。

「気持ちがいい？」

「暁彦さんは？」

「あなたがよいことが一番嬉しい」

柔らかな、そしてどこか淫靡《いんび》な笑みを浮かべた暁彦は、今度は栞里の額にキスをした。

「その……私、ピアノ以外は本当に知らないことばかりで」

「うん……？」

「間違えないようにしたいです。その……暁彦さんと、一緒にそういうことができるんだから……」

暁彦はふっと笑った。そしてメガネを外して、サイドテーブルに置く。

「栞里さん、正解なんてないよ」

「え？」

「ただ、いやだったら言って。これから俺がすることは、怖いかもしれない」

彼の大きな手が、栞里のルームワンピースのボタンを外していく。ひとつひとつ、時間をかけて。

栞里は息を詰めてその様子を見守る。

ルームワンピースの下は、セットアップの下着とお揃《そろ》いのキャミソールを着ている。白いレースに緑色の植物が刺繍《ししゅう》されたそれは、栞里のお気に入りのものだ。

栞里の白い肌に、彼の手の形の影が落ちる。なんだか、それにも胸が高鳴る。

「すごく似合ってる。この下着」

「あっ」

暁彦が、ブラジャーの上から栞里の乳房を軽く揉《も》んだ。それだけで、弾《はず》んだ声が出てしまって動揺する。

何度も何度もまばたきを繰り返す栞里に、暁彦はふっと笑みを深くした。

「はは……可愛《かわい》い」

彼の大きな手は、ブラジャーの上からでも栞里の胸をぐっと掴み上げることができた。柔らかなそれは手のひらで形を変える。

その刺激は、なんだかもどかしいくらいに軽い。けれど、妙にお腹の奥がむずむずとしてくる。

「恐らく、あなたが自分で思っているよりも、何倍も、何百倍も、きれいだ」

耳元で低く囁かれて、息を呑む。

唇を噛《か》んだ栞里を見て、微かに笑う気配がした。

耳や首筋を、先ほど口の中を探っていた舌が辿《たど》り、鎖骨に歯を立てる。

「きゃっ」

「痛かった？」

「い、痛くはないですけど。びっくりしてしまって」

「ならよかった」

晩彦はそう言いながら、自分も服を脱いだ。思いのほか筋肉質で、美しい男性的な体をした晩彦に一瞬見惚《みと》れる。

まるで彫刻のように整っている。冷たい印象を与えがちな美貌も相まって目を奪われる。

彼は栞里のすぐそばに横になり、頬杖《づえ》をつき、じっと覗《のぞ》き込んできた。

「はじめてだからこそ、ゆっくりりちゃんとしたかったんだが、申し訳ないが余裕がないかもしれない」

「え……？」

「おいで」

腕を広げて、胸元に招き入れてくれる。栞里はおずおずとその中に収まった。

寄り添って眠ることとは明らかに違う。お互いに下着だけを隔てて肌が触れ合うことが、こんなに心地がいいとは思わなかった。

晩彦は栞里の髪に口づけながら、背中に回した手をキャミソールの裾に差し入れた。

彼の手がゆっくりと栞里の体を撫でる。背中を、脇腹を、足の付け根を、触れるか触れないかのタッチでそっと。

その微かな刺激に身じろぎして、晩彦の体に身をすり寄せる。

「んん……く、くすぐったい」

「くすぐったいだけ？」

「……は、はい」

それだけとは言い切れなかったが、なんとなく言い出せなかった。

暁彦はくっと喉の奥で笑いながら、足の付け根をさっと撫で上げた。

「ん……っ」

「くすぐったい？」

秘部がむずむずする。栞里は膝と膝をこすり合わせ、暁彦の指がショーツのレースをなぞる。もどかしい。

はじめてのはずなのに、栞里よりも明確に体は欲しいものを知っているようだった。お腹はきゅんきゅんとしびれて、とろりと蜜壺は潤いはじめていた。

暁彦の体に触れる肌が、徐々に熱くなっていく。顔を見られたくなくて、その胸に額を押しつけた。

「可愛い……気持ちがいいんだね」

「あ、ああ……んん」

足の付け根をもてあそんでいた手が、ショーツの上から栞里の濡れはじめた秘部を撫でた。

後ろから手を回された上に抱き締められているので、身動きがとれない。逃げ場がない中で、暁彦は栞里に教え込むようにゆっくりと手を動かす。

何度目かの往復で、ついにくちゅり、と水音がした。

「や……」

「いやじゃないよ」

ショーツ越しに触れていた指が、ついに布地を押しのけて直接触れた。濡れた秘部が空気に触れて冷たい。

暁彦の長い指が少しだけ秘裂を割り、蜜を指にまとわせた。そして、ぷっくりと立ち上がりかけた花芽を軽く、ほんの軽く弾《はじ》いた。

「ひゃんっ」

「大丈夫」

囁いた暁彦が、栞里の耳元にキスをした。そのまま耳たぶをなぶられ、その刺激にへなへなと栞里の体の力が抜けていく。

花芽を優しく円を描くように触れられると、体がひどく熱を帯びる。

こんなこと、知らない。

耳と同時に花芽を責められ、びくびくと体が震える。

暁彦の胸に縋《すが》りつくようにして、唇を噛んだ。

「声、我慢しないで」

栞里は首を振る。髪がシーツを叩《たた》く音がした。

「あなたの声が聞きたい」

「い、いや……です……」

はぁ、と息を漏らすことがやっとだった。

すっかり立ち上がった花芽をつままれて、腰が跳ねた。咄嗟に口を手で塞《ふさ》いで、声をこらえる。

「……本当に、可愛い人だ」

こりこりと指で花芽を転がされて、その強い刺激に足先まで雷のような刺激が走った。

どぷり、と蜜口から愛液が溢《あふ》れるのを感じる。

はじめてなのに、暁彦の触れるすべてが気持ちいい。

彼は後ろから回した手のひらを、ぐいっと秘裂に押し当てた。指で肉芽をいじり、手のひらでひくつく蜜口を押してくる。

「だ、だめ……そ、それ……だめ……」

漏れそうになる声を押さえながら、琹里は自分の手を噛む。

「だめじゃないよ」

「あ……あぅ……ああっ」

「だめじゃない」

繰り返した暁彦は、肉芽を強く弾いた。

ぱっと視界に星が散り、びくりと体がすくむ。足の指先をピンと伸ばして、琹里は体の奥からこみ上げたその情動に身を任せた。

「……ぁあぁ……っ」

恐ろしいほどの快楽の波が去り、くたっと体が弛緩する。熱い体がシーツや暁彦の肌に触れてほっとした。

「上手にイけたね。今、拭くものを持ってくるよ」

暁彦は何度目か分からないキスを髪にして、体を離そうとした。

けれどさすがに、琹里だって分かっている。暁彦が、まだだ。

対等になりたいと願ったのは自分だ。大事にしてくれているのも分かるが、それを求めているわけではない。

動こうとする暁彦の腕を掴んで、琹里は顔を上げた。

「暁彦さんが、まだです」

「……俺はいいよ」

「よくないです。こういうことは、ふたりともちゃんとしないと」

与えられるばかりじゃ、いやなのだ。

暁彦は戸惑ったようだったが、ふうとため息をついた。

「あなた、はじめてでしょう。だからもともと、琹里さんだけが気持ちよくなれたらいいと思っていた」

「でも、自分のものにしたいって言ってくれたじゃないですか」

暁彦のボクサーパンツの中で彼の欲望が育っていることに、あれだけ密着していて気付かないわけがない。

布越しでも分かるほど熱く、硬い欲。

「まったく……本当に……」

「呆《あき》れましたか？」

「強情なところも、可愛いと思ってる」

根負けした暁彦は微笑みながら、今度は自分のボクサーパンツを下ろした。

ぶるんと、赤黒い性器が飛び出してきた。だが、これだけ興奮してくれたのだと思うと、嬉しくもあった。

「すごく大きい……」

「ありがとう。だから、少し慣らさないと」

ショーツを脱ぐのを腰を上げて手伝う。それから彼は栞里の膝に手を当てて、足を開かせた。

かぁっと自分が赤くなったのは分かったが、栞里は反応することをこらえた。

「痛かったらちゃんと言うんだよ」

暁彦の指がゆっくりと蜜口に触れる。

そこはその指を吸うようにひくつき、未知の感覚が背筋を駆け上がっていく。

すっかり潤んだぬかるみは、指を抵抗なく飲み込んだ。きゅうと切なげに彼の節だった指を締め付ける。

「動かすよ」

「はい……」

栞里が頷くのを待って、暁彦が内壁を押し広げるように指を動かしはじめた。

もうそこからの刺激はよく覚えていない。

「ひぁ……んんっ、ああ……あっ」

数分後、栞里はベッドの上で仰向けになって、甘ったるい声を漏《も》らしていた。震える腕で暁彦に縋りつき、生理的にこみ上げた涙が、今にも零れ落ちそうだ。

ぐちゅぐちゅといやらしい水音と、微かなスプリングの音が遠くで聞こえる。

おかしくなる。こんなの、だめ。

声にできずに震える栞里を暁彦は抱き締めながら、蜜洞を拓《ひら》いていく。

「も、もう……いい、から……お願い、暁彦さん……っ」

「確かに、もういいかもしれないね」

彼は指を引き抜くと、栞里のベッドのそばのサイドチェストに手を伸ばした。

「……やっぱりあった」

ため息ひとつで、引き出しの奥から見覚えのない箱を取り出す。

そもそも備え付けだったので、栞里は引き出しの中を開けてはいなかったが、どうやら新婚ということもあり、誰かが気を遣って用意していたのだろう。

恥ずかしさで死にたくなったが、同時に感謝した。暁彦はそれを開けて、手早く装着している。まだ、栞里を抱く気でいてくれている。

「あの……」

「ん？」

首を傾《かし》げて、彼が穏やかに問い返してくれる。

「手を、つないでいてもらえませんか」

「……」

「だめ、ですか？」

「だめじゃない、嬉しいよ」

栞里としっかりと指を絡めた暁彦は、その手を口元に持っていった。それから、栞里の指先にキスをする。

「本当に美しい人だ。俺の愛しい人」

彼の硬く猛《たけ》ったそれが、ゆっくりと押し入ってきた。

痛い。はっ、と息を詰めた瞬間を見逃さず、暁彦は栞里にキスをくれた。舌で唇をノックされ、少しだけ開ければ生き物のような舌がねじ込まれた。

息をも飲み込むような激しいキス。

キスがこんなにも心地がいいなんて、知らなかった。

——その瞬間、彼の怒張は一気に叩き込まれた。

チカチカと星が飛ぶくらいの衝撃だったが、先端の一番太い部分を飲み込んでしまえば、その先は思ったよりも痛みもなく、体がすべて暁彦のものになったような不思議な感覚に溺《おぼ》れていく。

「栞里」

貫かれた熱と、何かを押し殺すように絞り出された自身の名前に、ぼろぼろと涙が零れた。

ようやく、返せる。

私を救ってくれた人に、その深い愛に。

私は、この人を愛している。

つないだ手に力を込める。彼が腰を動かす度に、涙で視界が歪《ゆが》む。

「暁彦さん。好きです」

「ああ」

「あなたを好きになれて、よかった」

栞里の言葉を聞いて真顔になった暁彦も、少しだけ泣きそうに眉を下げた。

緩やかに中を突かれ、彼の熱を体中で感じる。

浅いところを何度も先端で突かれて、びくびくと腰が震えた。

「俺も、あなたに好きになってもらえて、よかった」

体の中を楔で打ち付けるように、暁彦が出入りする。

かき混ぜられる蜜洞は、彼の熱を離すまいと絡みつき、その感触はさらなる快楽を栞里に与えてくる。

「あ、……っ、あぁぁあっ！」

突然、体が絶頂に押し上げられた。一瞬で、視界が白く染まる。

何もかもが心地いい。暁彦のくれるすべてが、この痛みを伴う快感さえも。

私は、自分で望んでここにいる。

体中が幸福に満たされて、このまま死んでしまうかと思った。


♪〜♪〜♪〜♪〜♪

暁彦がはじめて手にしたチェロは、子ども用の分数楽器だった。八分の一スケールのそれは、小学校に入る直前の暁彦にはぴったりのサイズだ。

ピアノやバイオリンほど、身近ではなかったチェロを選んだ明確なきっかけは覚えていない。家族で招待されたオーケストラくらいだ。

習い事を制限する家ではなかった。

水泳や体操教室に通うきょうだいの中で、ひとりだけ音楽関連の習い事を選んだ。

のちに栞里と出会うことになる音楽教室では、さまざまな楽器を体験することができた。

弦楽器から、木管楽器、打楽器までなんでも。

向いていそうだと言われた楽器をそれぞれ何回かレッスンして、最終的にチェロが選ばれた。

大人用のサイズでは手や指が届かないので、分数楽器を使う。暁彦は子どもの頃から大柄だったが、チェロは大きすぎた。

チェロの練習はとても楽しく、時間を忘れて没頭することも多かった。

――暁彦はすごいな。オレはそんなに集中してできないぞ。

兄は笑いながら、練習に没頭する暁彦を夕食に呼びにくることが多かった。

――そんなことないよ、兄さんは得意なことたくさんあるだろ。頭もいいし友だちも多いし、運動神経だっていいよ。

――勉強も運動もある程度は頑張ればできるんだよ。でも、集中してひとつのことをするのはすごく難しい。

みんな、兄が好きだった。明るくて朗らかで穏やかな兄が。暁彦もそうだ。兄に憧れていた。なんでも軽々とやってのける兄を誇《ほこ》らしく思っていた暁彦は、兄と比べられてもつらいことなんてなかった。

兄に比べると、一段劣る。家族の誰もそう言ったわけではなかったが、自分が一番分かっている。

暁彦も妹の千春も、兄のおかげで好きなことをして過ごせた。

兄の病気が見つかるそのときまでは。

それまで水泳を続けていた兄の体調不良は、通っていたスイミングスクールで倒れたことが原因で発覚した。

そのまま緊急入院となり、治療がはじまった。両親や暁彦は脊髄検査も受け、ドナーとなれないか調べたが、残念ながら誰も適応せず、骨髄バンクに登録してドナーが現れるように祈るしかなかった。

抗がん剤などの治療がはじまり、母は兄の入院する病院に付き添っていた。母が長い時間家に帰っているときは兄が治療の副作用から無菌室に入り、医療従事者以外は家族でも入室が制限されるときだけだ。

小児科のことは、とてもよく覚えている。

千春も小学校低学年でまだまだ幼かったが、その千春よりも小さい子どもたちもたくさんいたし、兄が入院している病棟の子どもたちは明らかに自分たちとは違った。

今なら分かる、濃密に満ちた死の気配だ。

自分や千春とは、体型から違う。まだ幼稚園くらいだと思ったら、自分と同い年ということもあった。

病に冒されるということを、視覚的に知ることは恐ろしかった。

兄はふたりの前では明るくしていたが、もちろん体中を見えない病が進行しているのだ。戦っている兄が怖いなんて、口が裂けても言えなかった。

――ちいにい、おにい、帰ってこないの?

千春は見舞いの度にそう泣いた。

何も言えなかった。

兄はなんでもできる人だった。暁彦たちの前でつまずいた姿を見せたことすらない。

そんな兄がいなくなるなんて。

こんな風に突然、病なんかで。

何百種類もあるという薬が効かず苦しむ兄を見るのも、悲しむ両親を見るのも苦しかった。

誰も悪くない。だからこそ、苦しかった。

兄は、助からないかもしれない。

痩《や》せて髪の抜けた兄を見て、暁彦はその恐怖を噛みしめた。

その日、暁彦は兄の頼みで、チェロを弾きにいったのだ。分数楽器は卒業し、フルサイズのチェロケースを背負って病院に向かい、談話室でチェロを弾いた。

もう自力では立てないほど悪化していた兄は、車椅子《いす》に乗っていた。看護師やお見舞い中のほかの親子の前で、暁彦は準備してきた曲を数曲弾いた。

今まで、コンクールに参加したこともある。小さな賞はもらったこともあったし、そこそこ弾ける方だ。

だが、人生で一番緊張した。

全員がキラキラした目で暁彦を見ている。兄と同じように紙のように白い顔をして、人によっては白を通り越して黄色みがある肌で。

泣かないようにして、必死で弦を押さえ、弓を弾いた。

千春や母と選んだアニメ映画の音楽は、病院で暮らしている子どもたちも耳馴染《なじ》みがいいようで、一曲ごとに溢れんばかりの拍手までくれた。

自分は薄情なのかもしれない。彼らが笑顔になったのに、自分が健康であることへの罪悪感に耐えられなかった。

その小さなコンサートから、チェロを弾いていても集中できなくなった。弓を引く瞬間、息が吸えなくなるのだ。

それがどんどん悪化した。

チェロは好きだ。練習をしないと今だって上手だというわけじゃないのに、どんどん周囲から取り残されるだろう。

なのに、でも、手が動かない。

お前だけ、好きなことをするのか。苦しんでいる兄がいるのに？

葛藤に誰にも気付かれないように、暁彦は練習を繰り返す。そのあと数回、兄に乞《こ》われて演奏した。

――暁彦はすごいな。

チェロをしまう暁彦に兄が声をかけた。

――すごくなんてないよ。すごいのはみんなだ。

――みんな？

――うん、兄さんも、他の子たちも。俺なんかよりすごいよ。強い。

――……馬鹿《ばか》にしてんのか。

兄の声が、急に低くなった。

――じゃあ、代わるか。オレでもいい、他の子でも、あの子でも。

あの子と指されたのは、よれよれのうさぎのぬいぐるみを抱き締めた、性別も分からないほどに痩せ細った子だ。軽く掴んだだけでも折れてしまいそうな体をしたその子が、暁彦に微笑《ほほえ》みを向けている。

――お兄さん、変わってくれるの？　わたし、おうちに帰りたいの。

声だけが子どもらしくて、小鳥のさえずりのようだった。

その子の後ろから、たくさんの子どもたちが暁彦を見ている。いくつもの、いくつもの目。

手首を強く掴まれる。髪も抜け、頬のこけた兄が暁彦を見上げている。

――どうしてオレなんだ。お前だったら、よかったのに。

どっと心臓が強く跳ねる。息も詰まり、声がうまく出ない。

ああ、そうだ。

悪夢だ。

ここまで来ると分かる。悪夢なのだ。

現実では、兄も病院の子どもたちも暁彦の演奏を楽しんでくれた。音楽教室の友人たちとカルテットを即席で組んで、演奏しに行ったこともあった。

だから、誰も、こんなことは言わなかった。

兄じゃなく、俺が死ねばよかった。そう思っているのは、暁彦自身なのだ。

手の力が抜けて、チェロの弓が落ちる。

悪夢だと分かっているのに、兄の手はどんどん暁彦の手首に食い込んでくる。骨まで掴まれるんじゃないかと思うほどの強さは、どこから出てくるのだろうか。

ゆっくりと、背後から腕が伸びてきた。白い女の腕だ。

その腕が暁彦を柔らかく抱き締めて、引き寄せてくれる。

（ああ……ようやく……夢から覚められる）

夢は急に輪郭を失い、暁彦を放り投げる。一瞬、前後左右が分からなくなって、平衡感覚を失う。

それでも大丈夫だ、昔とは違う。体を支えてくれる腕がある。

暁彦が目を覚ますと、栞里が背中から腕を回して抱き締めてくれていた。抱き締めている……というよりは、栞里から飛びついているように見えるだろうが、彼女が暁彦を夢から救い出したことを、自分自身が一番知っている。

脂汗をぐっしょりかいていた。随分噛みしめていたのだろう、顎が痛い。

栞里の小さな手が、暁彦の胸のあたりに添えられていた。

ようやく体から力が抜け、栞里の体温と肌の感覚を感じられるようになる。

目を伏せて、彼女の息に合わせるようにゆっくりゆっくりと呼吸をすれば、今度は優しいまどろみが、暁彦を再び夢へと誘った。

温かな夢を、見た気がする。

第五章　本当の『夫婦』になりましょう

翌朝、栞里《しおり》が起きたときには、暁彦《あきひこ》の姿はもうなかった。

それがさみしくなかったとは言わない。正直言えば、ショックを受けた。

（……お仕事だもんね）

昨日、なりゆきであんなことになったとはいえ、平日なのだから翌日は仕事だ。

といっても、後悔もしていないし昨日に戻っても同じことをしただろう。

裸のまま眠っていたので、そろそろとシーツを体に巻き付けて、部屋にあるバスルームに向かった。

体は感じたことのない痛みとけだるさがあったが、それを上回る幸福さに足元がふわふわする。まるで雲の上を歩いているようだ。

まだ暁彦が家を出るまで時間はあるだろう。

少しの時間でも顔を見て、言葉を交わしたかった。

食堂に行くと、栞里と義父以外の全員が食事をはじめていた。

櫻庭《さくらば》の家はあらかじめ「この日は一緒に食事をする」と決めた日以外は、めいめいの時間に食事をとる。井沢《いざわ》の家では叔母のタイムスケジュールが絶対だったので、はじめは不文律のようなものがあるのかと戸惑ったが、言葉どおりだった。

「おはよう、栞里さん。よく眠れたかしら」

「はい、お義母《かあ》さま」

「ならよかったわ。朝ご飯をお持ちして」

いつもと同じく、食事中の義母が一番はじめに栞里に声をかけてくれた。入り口に向かって座っているので、目が合うのだ。

千春《ちはる》はまだ夢の中といった様子で、のろのろと食事を摂っている。

朝からきちんと着替え支度も終えた義母と、パジャマ姿のままの千春が並んでいることも最初は驚いたが、この家では普通のことなのだ。

ハウスキーパーは義母の声を聞いて、栞里の食事を運んでくれる。

そう、これはいつもの光景だ。

暁彦は食事の手を止めて、栞里が席に着くのを待つ。

栞里が椅子《いす》を引いて、テーブルの上に置かれたナプキンを膝に広げると、

「おはようございます、栞里さん」

と微笑《ほほえ》んでくれるのだ。

（……昨日は栞里って呼んでくれたけれど……でも、そうだよね、みなさんもいるし……）

昨日のことは、ふたりの秘密だ。それもなんだか心が躍る。

今まで形だけの夫婦だったとは、誰も知らないのだ。これまではそれでよかったが、今はそうではない。

栞里と暁彦は、ちゃんと夫婦としての一歩を進むことを選んだ。

「おはようございます」

変な風に聞こえなかっただろうか。

暁彦はすっと目を細めたが、何も言わなかった。

今日の朝食は和定食だった。焼き鮭とだし巻き卵を主菜に、ほうれん草のおひたしに切り干し大根の煮物の小鉢が並んでいる。お味噌汁はわかめとお揚げで、香の物まで。

だし巻き卵は斜めに少しずつずらしてきれいな断面を見せるよう並んでいて、見目もとても気を遣っている。

いつもよりもおいしそうに見える。毎日おいしいが、今日は特別お米もつやつやして見える。

「いただきます」

両手を合わせてありがたく食事をはじめた栞里に、義母はにこにこと笑みを向ける。

「なんだか、今日は調子がよさそうね」

「そうでしょうか」

「なんとなくだけど、うふふ。嬉《うれ》しいわ、ほら、暁彦も千春も朝が弱いでしょう？　いつも朝の時間はつまらないのよ」

横目で娘を見て、すねたように肩をすくめる。どこか少女めいた仕草《しぐさ》も義母によく似合っていた。

ただ、実の娘である千春は、呆《あき》れたようにぐるりと目を回してみせる。

「お母さんが朝から元気なの……勝手に元気にしてる分にはいいけど……」

「あら、いつ私があなたたちに元気を強要しました？」

「口にしなくてもさ、そんだけ朝からばっちり化粧して、今からでも百貨店に行けます～みたいな服で食事してるの見たら、プレッシャーだってての」

「まぁ。食事の前に準備するか、そのあとにするかの違いじゃない？　だってあなたも、食後にお着替えするでしょう？」

「そうだけどそうじゃないの～。お母さんがそんな風にしてたら、お義姉《ねえ》さんも気にしてちゃんとするに決まってんじゃん。そういうのも、今時ハラスメントだよ～？」

ふたりの軽妙なやりとりを聞きながら、お味噌汁を飲もうとしたとき、急に自分が会話の引き合いに出されて驚いた。

「い、いえ……私は大丈夫です。井沢の家でも、部屋から出るときは支度をしてからだったので……」

「ほら、栞里さんは気にならないそうよ?」

「ここで、気になります～って言えると思う?」

ああ、どうしたものか。

栞里は家庭内の気軽な会話に、まごまごしてしまう。どうしても『正解』がある気がしてしまうのだ。

「千春がパジャマで来ているんだもの、そっちが気になっているかもしれないじゃない」

「はぁ? 古今東西、嫁姑は葛藤関係になりやすいんです～」

「ふたりとも、やめなさい。栞里さんが困ってる」

暁彦がふたりの会話に割って入った。

もくもくと食事を続けていた暁彦は、醤油差しに手を伸ばしている。

「まったく、ゆっくり食事もとれないのか?」

「あ、私が取ります」

栞里の方が若干、醤油差しに近かったので、咄嗟《とっさ》に動き見事にふたりの手が重なった。

時間が、止まる。

大きな大きな手。しっかりとした無骨な指の先は、チェロの弦を押さえるために平たく変形して硬い。優しい暁彦の手だ。

手を振り払うことも、動くこともできなかった。手のひらに汗をかき、ぴったりと凍り付く。

それは暁彦も同じだった。

ふたりは不自然に停止する。

「お？」

千春が楽しそうに声をあげた。眠そうに半分しか開いていなかった大きな目が、急に輝き出した。

「お？　おお、なんか、いつもと雰囲気が違うね？」

「……千春」

「何、ちい兄、怖い声〜」

兄としての暁彦の顔は、なんだか近寄りがたさもある。

けれど、自分と千春の間への対応の違いに今までは感じなかったくすぐったさと、優越感を覚えた。

特別なのだ、自分は。

そろそろと手を引いて、自分の食事に戻った。

「栞里さん」

お見送りに玄関まで暁彦について行くと、暁彦は靴を履きながら栞里に声をかけた。

彼の使った靴べらを受け取ろうと手を伸ばした栞里は、きょとんと彼を見上げた。

はじめはそんなことはしなくてもいいと言われたが、少しでも夫婦らしいことをしてみたかったのだ。

「はい、なんでしょうか」

「……そろそろこの家を出ましょうか」

「えっ」

声がひっくり返ってしまった。まさか、そんなことを言われるとは思っていなかった。

「私、何か粗相をしましたか?」

さあっと血の気が引いた。

昨日のことで浮かれすぎて、暁彦に恥をかかせてしまったのかもしれない。

暁彦は首を振って、栞里の肩にそっと手を置いた。

「違います。朝、千春も言っていたとおり、この家では気詰まりではないかと思ったんです。はじめはあなたをあの家から素早く引き離すために、櫻庭の家に引き取ることが先決でした。でも、今はそうではない」

「私はこのお家でも構いません。とてもよくしてくださっていますし」

「そうですね。両親も千春も、みんなあなたを大事に思っています」

「じゃあ、どうして……?」

彼は靴べらを栞里の手の上に置き、そのまま上体を傾けた。

耳打ちするような姿勢で、囁《ささや》く。

「そろそろ、あなたを独り占めしたくて」

潜められた声に秘められた色気に、びくりと肩が跳ねる。ふっと短く笑って、暁彦は離れていった。

栞里は身を守るかのように靴べらを握りしめ、何度もまばたきをした。

「おいやですか?」

ずるい。

心臓がうるさい、頭は真っ白で何も思い浮かばない。

ただ暁彦のまなざしは、明らかに一昨日までとは質が違っていた。

「……ふたりで暮らしたいです」

「分かりました。準備をしましょう」

ふたりの会話を黙って聞いていた秘書の水田《みずた》が動こうとする前に、暁彦が手を上げて制する。

「心配いらない。彼女とのことは、これからはわたしと彼女で決める。ただ君のサポートは必要だ、水田。何かあったら声をかける。よろしく頼む」

「かしこまりました」

まだときめきに支配されて動けない栞里を、暁彦が振り向く。

「じゃあ、栞里さん。いってきます」

「いってらっしゃいませ、お気を付けて」

そんないつもの挨拶《あいさつ》さえ、どこか上擦《うわず》ってぎこちなくなってしまった。


♪〜♪〜♪〜♪〜♪


そこから引っ越しまで、すべきことはたくさんあった。

この家から出て櫻庭家の持っているマンションのひとつに越すことを、誰も止めることはなく、栞里が驚いたくらいだ。

義母は「この家の部屋はそのままにしておくから、何かあったら帰ってきなさい」と、暁彦にではなく栞里に言った。

お稽古事の先生たちはほとんどが櫻庭邸での訪問レッスンだったので、引っ越しの報告と今後どうすればいいかの確認が必要だった。

家が決まってからは怒濤《どとう》のように自体は動いた。

思えば、自分の意志で引っ越しなんてしたことがないのだから、めまぐるしさに驚いた。実務的な部分は水田が代行してくれているが、家具ひとつ買うのにも栞里は苦労して、暁彦に意見を求めた。

失敗をしたくなかったのもある。

ただ何より『ふたりの家』なのだ。一緒に決めたかった。

カーテンは毎日、朝晩引くものだし、レースカーテンはきれいなレースや刺繍《ししゅう》がある方が目に華やかで嬉しい。食器もそうだ。

引っ越し前日の夜。栞里は櫻庭邸のサンルームに出た。ここからなら、冬の今でも庭園をのんびり眺《なが》めることができる。

今では日常のひとつとなった風景だが、圧倒されたのを覚えている。

「寒くはない？」

暁彦がいつものお茶の用意を持って、栞里の後を歩いている。

季節は瞬く間に巡り、あのお見合いのあった桜の時期はとうに過ぎ、すでに冬になっていた。

「寒くないです。ごめんなさい、わがままを言って」

「外でお茶をしたいくらい、わがままに入らない」

暁彦は念のためと、栞里の肩にかけるカーディガンも用意してくれた。

夜風が吹き抜ける庭は、可愛《かわい》らしい花々が揺れている。

「……やっぱり、とてもきれいなお庭ですね」

「ああ、昔から見ていてもどこの庭もうちほどじゃないなって思うよ。明日から、この庭はたまにしか見られなくなるんだな」

「暁彦さんも、はじめてのお引っ越しですもんね」

「さみしいと言うよりは、楽しみだけど」

「ならよかったです」

自分と暮らすという選択のためだけに、今まで暮らした家を出るなんて馬鹿《ばか》げていると思う。

この家は、とてもいい家だ。確かに名家だからこその責任の重さや、苦労はある。

だがそれを差し引いても、家族同士が尊重し合っている。

その関係が、栞里には眩《まぶ》しい。

もしも自分が暁彦に救われなかったら、今どうしていただろうか。

「私、このお家が大好きです。ここが帰る場所になって、本当に本当に嬉しいです」

「家が？」

暁彦の声がワントーン低くなり、艶《つや》めく。

う、と言葉に詰まる。おかしいのだ。最近、どうしてもうまく対処できない。

ふたりきりのときに暁彦が見せてくれる『特別』さがどうにも心臓に悪い。不規則に動いてしまうそれを持て余すことしかできない。

栞里は俯《うつむ》いて、首を振った。

「あなたと結婚するとき、あなたの道を応援すると言ったあの気持ちは変わってない。でも、少しだけ欲が出た」

「欲……？」

今まで惜しみなく降り注ぐ愛をくれていた暁彦から聞くと、不思議な感じがした。訊《たず》ね返しても、暁彦はごまかすように栞里に別の質問をしてきた。

「あなたは？　少しでも挑戦したいことは見つかった？」

「櫻庭のみなさんのお役に立ちたいです」

「今でも十分にやってくれているよ。あなたがいなくなることを、本当に両親はさみしがっていて、あなたがいないところでは俺に言いたい放題だ」

「そうなんですか？」

「ああ。俺が栞里さんを取ったそうだ。独り占めはずるいと母はずっとおかんむりで、来月が両親の結婚記念日だから、それまで待てないのかとか、いろいろと」

ぎぃ、と暁彦の椅子が軋《きし》む音を立てた。

彼は立ち上がり、栞里の前に立った。

「兄が死んでから、いつもどこか、うちの中にもやがかかっていたんだ。兄は太陽のような人だったから……兄を失って、うちの家族は少しだけおかしくなった」

「暁彦さん……」

「でも、あなたが来てから、この家は変わった」

暁彦は、栞里の前に膝をつく。

栞里が俯いたままでも暁彦が見える。

彼はとても柔らかく微笑んでくれていた。

「あなたが一生懸命、いろんなことを頑張る姿を見て、みんな救われたんだ。だから十分、この家のためにあなたは頑張ってくれた」

暁彦の言葉が胸に染みてくる。

答えてあげたいのに、何も頭に浮かばない。指先がぱたぱたと動いた。ピアノなら、鍵盤の上でなら、もっと上手に話せるのに。

栞里の手を暁彦が取り、さっと立ち上がらせた。

「戻ろう」

「え？　でもお茶が……」

「ピアノを弾きたいんだろう？　指が動いてる」

感謝しているのは自分の方だ。

頭の中は必死にたくさんの覚えた楽譜をひっくり返している。

でも、今の気持ちにぴったりの曲はあるだろうか。

（ああ……そうか、だから、作曲するんだ……）

愛のための曲が世界中に溢《あふ》れている意味を、この身で知る日が来るなんて。

琹里は暁彦の背中を見つめながら、その温かさに涙が零《こぼ》れそうだった。

第六章　幸せすぎて悪いことが起きてしまいそうです

引っ越しの作業自体はほとんど業者と水田《みずた》任せだったので、栞里《しおり》と暁彦《あきひこ》がしたのは荷解きと部屋の整理だ。

といっても、どちらもあまり家事経験がないので、ああでもないこうでもないと時間がかかる。

話している間は普通にできても、不意に手が触れたり、体がぶつかると、栞里は停止してしまう。意識しすぎだと分かっていても、暁彦がいると思うだけで、だめだった。

だって、気付いてしまったのだ。

人に恋をしたことがない。ピアノばかりで、それ以外の時間は叔母の機嫌を取るようにして生きていた。

今も段ボールを持って書斎にする予定の部屋に向かおうとする暁彦と、キッチンから出てきた栞里が正面からぶつかりかけた。

謝ればいいと分かっていても、目を丸めた暁彦が可愛《かわい》く見えて、「すみません」も「ごめんなさい」も出てこなくて、急いで頭を下げて、「どうぞ」と道を譲ってしまう。

「……栞里さん？」

「……すみません、前方不注意でした」

「栞里さん」

見ないで。恥ずかしいのだ。

挙動が不審なことくらい、自分でも分かっている。

暁彦は段ボールを抱えたまま、かがんで栞里を覗《のぞ》き込んだ。

「ふ……可愛い」

「か、可愛いのは暁彦さんです！」

「あはは。耳まで真っ赤だ」

彼は笑いながら、書斎の部屋の整理に向かった。

完全に姿が見えなくなってから、へなへなと栞里は座り込む。

（ど、同級生とか、恋人がいた人って、みんなこんな感じだったってこと……？　すごい……信じられない……）

今はコンクールもないからいいが、学生時代にここまでメンタルのコンディションが安定しなかったらきっと栞里は今ほど成績は残せなかっただろう。

どきどきしたまま立ち上がり、気を紛らわすためにもキッチンの整理を続ける。

細かいカトラリーや食器の類《たぐい》をしまう。ふたり分と、来客用にほんの少しの食器。お茶碗もお箸も、マグカップも、ペアになっているものを選んでしまった。モスグリーンとペールブルーのマグカップは、ふたりとも一目で気に入った。底に小さなスマイルマークが描かれているところもよかった。

まだまだ部屋は片付いていないが、これからの生活は楽しみで仕方ない。

ただ、それと同時に不安もあった。

「大丈夫かな……」

「何か困ったことが？」

「きゃっ」

誇張ではなく、栞里はその場で跳びはねた。

「ごめん、驚かせるつもりではなかったんだけれど、大丈夫？」

「は、はい……」

ああ、まずいところを聞かれてしまった。

暁彦は腕を組み、そばの食器棚にもたれかかった。作業中だったからか、シャツを腕まくりしており、その浮かび上がった血管に目がいってしまって、栞里はさらに慌てた。

「栞里さん……素直に言って。俺とふたりは、いや？」

「そ、その……」

「今の態度の方がどうしていいか分からない。何か困ったことがあれば言ってほしい」

言いよどむばかりの栞里に、暁彦は真摯《しんし》に問いかけてくれた。

「……私の態度、おかしいのは、分かってるんです……暁彦さんが……何かしたとかではなくて」

「じゃあ、さっきの『大丈夫かな』は何に対して？」

「その……暁彦さんへの態度を普通にしなきゃって、私も思ってるんです、でも……うまくできなくて……このままだったら、愛想を尽かされちゃうんじゃないかって、思って」

「なるほど」

「なので、私の問題というか……」

「いや、ふたりの問題だ」

そう言うと、暁彦は栞里を素早く抱き寄せた。

腕の中にすっぽりと包み込めば、栞里の柔らかな髪をかき上げて、耳にかけた。

「俺がどれだけあなたを必要としているか、ちゃんと伝えないといけない」

「え……？」

こめかみに、ちゅとキスを落とされる。

そして、栞里の背中に添えられた手が、ゆっくりと背骨のくぼみのラインを腰から肩甲骨当たりまでなぞった。

ちゅ、ちゅ、と音を立てられて、身を引こうとするも暁彦の腕の中から出ることはできなかった。それだけ強い力で抱き締められたというわけではない。栞里が逃げるつもりがなかったのだ。

困惑と同時に、一度だけ愛された記憶を体ははっきりと思い出した。

「震えてる。怖い？」

「怖くないです」

「緊張する？」

こくりと頷《うなず》く。素直に答えたことを褒《ほ》めるかのように、暁彦が栞里の髪にキスをした。

「大丈夫。これは、あなたに知らせるだけ。どれだけ、俺があなたを思っているか」

「つ、伝わってます……大事にしてくださっていることは……」

「うん？　でも、いつか愛想を尽かされるって思うんだね？」

背中を撫《な》で上げてきた手が栞里の顎に添えられ、くっと上向かせられる。そして、今度こそ唇同士が触れ合った。

あの晩から一ヶ月以上経《た》っているが、それ以外、ちゃんとキスをしていない。

暁彦の唇の柔らかさを感じて、栞里は目を伏せた。

上と下の唇を別々に食《は》まれ、舌先が栞里の唇をなぞったが、舌を入れられることはなかった。

「ん……っ」

離れていった彼の唇は、栞里の首筋を吸い上げた。

じゅっと甘ったるい音としびれが、首筋からもたらされる。何度か暁彦は同じところを噛《か》むようにして口づける。

そして、トントン、と首を指さした。

「見て」

「え……これって」

キスマークだ。鎖骨に近いところに、しっかりと印を残された痕《あと》をじっと見下ろす。

嬉《うれ》しい。

純然たる喜びがあった。そっと痕に手を当てて、こみ上げてくる温かな感情をじっくりと味わう。

すると、暁彦が栞里を抱き上げた。急に足が浮き、咄嗟《とっさ》に暁彦の肩に掴《つか》まった。

「わっ、えっ⁉」

「はは、なんて顔をするんだ」

「そ、そんなに変な顔でしたか？」

「いや、可愛らしい顔だったよ。感情が溢《あふ》れてた」

かぁっと顔が赤くなる。

暁彦はまるで太陽を眺《なが》めるように眩《まぶ》しそうに目を細めていた。

「君が、そんな風に喜んでくれるなんて、本当に嬉しいよ」

寝室予定の部屋には、すでにベッドが用意されている。作業で疲れるだろうからと、寝室から片付けるようにと言われていたのだ。

それが、正解だと知る。

「あっ……んんっ、あ、あきひこさ……っ」

今、栞里は新しいベッドに仰向けにされ、大きく足を開かされていた。スカートはすっかりめくれ上がり、ショーツが丸見えだ。

あまりの恥ずかしさに手を伸ばしてスカートを直そうとするが、それよりも早く、

「だめ」

と低く甘く、暁彦が命じた。

「今日は、あなたに分からせるんだから。どれだけ魅力的で素敵《すてき》か……あなたが俺を惹《ひ》きつけてやまないか」

暁彦の息を内ももに感じて。それだけで体が震えた。

体が震えるだけならまだいい、栞里のお腹の底まできゅんとしびれてしまう。蜜洞の奥が緩やかに潤っていく。

内ももに軽く歯を立てられた。

「ひゃ……っ」

「ここにも、たくさん痕を残すね」

「そ、そんなっ」

言葉は続けることができなかった。

暁彦は内ももを甘噛《が》みし、吸い上げる。その度に栞里の体は跳ね、宥《なだ》めるようにもう片方の足を撫でられるがその刺激にも足は震えた。

たくさん痕《あと》を残すと言ったとおり、暁彦は栞里の足の付け根に向かって徐々に近づいていく。より、強く吸い上げられ、栞里は口を押さえた。

それでも、零《こぼ》れそうになる声を聞かれることが恥ずかしくて、なんとか押し殺す。

「ここなら、あなたにも見えない。俺しか見えない」

そう言いながら、愛おしそうに太ももを撫でる。

「あなたにしか、見せません……」

弱々しい声になったが、栞里は暁彦に言い返した。もともと、ほかの誰かに見せるつもりなんてないのだ。

「そうだね」

吐息が微《かす》かに、布越しの秘裂にかかる。もう何も言われなくても自分で分かっている。

内ももに何度も歯を立てられている間に、蜜はしとどに溢れ、ショーツを濡《ぬ》らしていることとを。

「腰を上げて？」

「でも……」

「脱がせられない。このまま、穿《は》いていたい？」

あくまでも優しく暁彦が尋ねる。

栞里はおとなしく、暁彦に従って腰を上げた。するりとショーツが脱がされて、秘部が露《あら》わになる。

足を閉じたくても間に暁彦がいるので、閉じることができない。

こんな明るい時間にすべてを見られていると思うと、耐えられない恥ずかしさと同時に、お腹の底を奇妙な熱にくすぶられる。

「この間よりも、気持ちよくしてあげる」

暁彦はそう言うと、栞里の足の間におもむろに顔を埋《うず》めた。

止める暇はなかった。栞里が手を伸ばすより早く、暁彦が秘裂を舐《な》めたのだ。

頭の中で悲鳴じみた声があがる。

「き、汚いです……！」

「汚くなんてないよ」

「で、でも、お風呂にまだ今日は入ってなくて……、ひゃあっ、ん、ふぅ……んんっ」

栞里の悲鳴は、最後、嬌声《きょうせい》に変わってしまった。

この間の指で愛されたときとはまた違う、ぬめったそれが与える感覚は強烈だった。彼の舌は丹念に、栞里の秘裂のひだのひとつひとつを舐める。

すでにぬかるみはじめていた栞里の入り口はひくひく動き、蜜を漏《も》らしていく。暁彦の舌がそれを舐めとり、混ぜるように舌で秘裂を前後させた。

「あぁ……ん……ふ……ぅ」

くちゅ、ぴちゃ、そんな濡れた音が体の下の方から響く。温かな舌が栞里のそこの形を鮮明にさせるように丹念に辿《たど》る。

大きく足を開いて、普段は隠されている場所を暁彦に見せている。恥ずかしさと同時に、強い快感が栞里の体を支配していく。

頭の中は徐々にかすみがかり、体の強ばりが抜けていく。

「あ……ん、あき、ひこさ……ぁ」

やっぱり与えてもらってばかりだ。こんなに心地のいい思いを自分だけがしていていいのだろうか。

栞里はシーツを掴《つか》んで、腰を浮かして逃げようとした。

「逃げないで」

ほとんど口を秘部につけたまま、暁彦が囁《ささや》いた。

声は振動だ。暁彦の声さえ、濡れそぼったそこは感じてしまう。

彼は栞里の腰を抱えるように両腕を回し、押さえつけた。

そして、硬く尖《とが》らせた舌で花芽を弾《はじ》かれた。

「ああっ」

悲鳴に近い声があがった。

この間とは、違う。

花芽を舌で舐められるとびくんびくんと腰が跳ねてしまう。充血してぷっくりと立ち上がったそこを、暁彦は軽く突いているだけだ。

けれど、その度に「ひ」とか「あぁ」とか甘ったるい声を漏らして身じろぎしてしまう。

目を開けていられなかった。ぎゅうと閉じて、襲い来る快楽に抵抗する。

怖い。この間は、暁彦の腕の中にずっと閉じ込められていて、彼に包まれていた。

でも、今は違う。

「こ、これ、いやです……暁彦さんっ」

「気持ちよくない？」

栞里はぶんぶんと首を横に振ると、勇気を出して目を開けて、彼を見下ろした。

自分の開いた足が真っ先に見えた。そして、太ももにいくつか散らされたキスマークや、腰を押さえる彼の大きな手が。

最後に、こちらを真っ直《ます》ぐと見上げる暁彦と目が合った。

彼は心配そうに眉を寄せていた。

「いえ……その……暁彦さんが遠くて……この間はすぐそばにいてくれたので」

暁彦は目を見開いて、そのまま栞里の太ももにこてんと頭を付けると、そのまま、くっ、くっ、と喉の奥で笑う。

「なんて可愛らしいことを言うんだ」

「だ、だって……怖くて当然じゃないですか……気持ちよすぎて訳が分からないんです……怖い……」

自分の体のコントロールが利かないという感覚は、栞里にとっては恐怖でしかない。

心地よいということで間違いないのだが、今まで指先まで感覚を研ぎ澄まして生きてきたのだ。

「もっと気持ちよくなれるよ」

暁彦は微笑《ほほえ》みながら、栞里の太ももにちゅっと唇を落とし、また強く吸い上げた。

「あぁ……っ」

膣口がひくつくのが自分で分かる。

お互い服を脱ぐ暇もなく、こんな風に昼間からベッドで求め合うなんて。

この間まで、恋愛とは無縁な人生を送っていたのに。

「もう少しだけ、我慢して」

まるで諭すようにゆっくりと言い、彼は再び茉里の花芽にキスをした。

そして、体を起こす。

彼のスラックスは、勃《た》ち上がった彼自身の形で大きく変わっていた。

この間も見たはずだが、記憶よりも随分大きく感じた。

(……こんなに、大きいの……?)

暁彦が離れて、茉里は足をぺたりと閉じてじりじりとベッドの上を後じさった。

彼はシャツを脱ぎ捨てて上半身裸になると、ベルトのバックルを外している。

しっかりと鍛えられた筋肉は、とても美しかった。バランスのいい体つきをしている。

この人に愛されて、本当に幸せだ。

私を救ってくれた人がこの人でよかった。

手早くコンドームをサイドボードから取り出して、つけている暁彦が茉里の視線に気がついた。くっと右の口端を上げて、肩をすくめる。

「そんなにまじまじ見られると恥ずかしいな」

「……さっきまでは暁彦さんが見てたんですよ」

「ふ、そうだね。これでお互い様、かな?」

彼はそう言うと、茉里をベッドに押し倒した。

右足を抱え上げられて、秘裂に暁彦の薄膜越しの性器がこすりつけられた。熱くて、硬い。

「痛かったら、爪を立てて」

「立てる爪はありません」

目を細めて、暁彦が笑う。

栞里の指の爪はすっかり短い。これからは伸ばすことはないだろう。鍵盤を叩《たた》くために最適な長さ、快適な指先。

これは、暁彦が与えてくれたものの象徴だ。

彼の劣情が一気に挿入された。

「んんっ……ぁぁぁあああっん」

驚くほど、大きな声が出た。圧倒的な質量と衝撃に反射的に声が零《こぼ》れた。

ぐちゅん、と大きな水音がして飲み込まれていき最奥にぶつかれば、視界にはチカチカと星が舞う。

「あ……う……」

「痛い？　大丈夫？」

「す、少しだけ」

うまく息ができない。震える手を暁彦に伸ばして、その背中にしがみついた。

暁彦は栞里の髪に何度もキスをして、髪を梳《す》いてくれる。

心は『怖い』と飲み込まれることに怯《おび》えているのに、体はそうではない。彼に一度だけ与えられた信じられないほどの快楽を待ち望んで、貪欲に拓《ひら》かれていく。

隘路《あいろ》をいっぱいに埋め尽くす暁彦の劣情を、ぎゅうぎゅうと締め付けてしまう。

「きれいだ……」

「そんなこと……ないです」

「いや、とてもきれいだよ。本当に」

暁彦の親指が栞里の頬を撫でた。いつの間にか滲《にじ》んでいた涙を指で拭ってくれたのだ。

「大好きです。暁彦さん」

「俺も大好きだよ、栞里」

暁彦がぐいっと腰を引く。

引き抜かれる快感に、きゅん、と膣がしびれた。しとどに溢れる蜜が暁彦と栞里の間で淫《いん》猥《わい》な音を立てる。

抜ける限界まで腰を引かれて、ぐぅっとえぐるように差し込まれる。

「あ……ん、あ……っ、あっ、やぁ……」

「はは……っ、可愛いな」

何度、その抽出を繰り返しただろうか。

晩彦が刻む一定のリズムに、栞里の細い腰は跳ね、どんどん息が上がっていく。

全身を晩彦に委ねて、彼の望むままになる。

揺さぶられながら、胎内で育ちゆく晩彦を感じる。

どんどん硬く大きくなる彼自身が、このうえなく愛おしい。

栞里を抱いて喜んでくれているのだ。

「あぁ……あ、きひこ、さ……ああ……っ、んんっ」

「栞里」

低く名前を呼ばれるだけでも、心臓が破れそうだ。

晩彦にしがみつく力が強まり、全身が力んでいく。

「も、だめ……っ、イ、イっちゃ」

「うん。イって……?」

そう言うと、晩彦はより一層奥に熱を叩き込んできた。

「〜〜〜んん……っ」

最奥がぎゅん、と彼を受け止める。

世界が静止する。

音も、色も、全部消えてしまった世界の中で、栞里は絶頂に駆け上る。

絶頂を味わい尽くした栞里の体が、ようやくくったりと脱力しはじめたとき、晩彦の雄槍はまだ硬いまま、中にいることに気がついた。

「……あ」

栞里は思わず、小さく漏らした。

「もっと気持ちよくするって言ったこと、覚えている？」

暁彦のその問いに、栞里が頷くよりも体は正直に歓喜に震えた。よほどの締め付けだったのか、暁彦の表情が歪《ゆが》む。

「……ごめんなさい」

「謝ることじゃない。嬉しいよ、栞里、悦《よろこ》んでくれて」

彼はまた、栞里の髪にキスをする。

それがなんだかじれったくて、栞里は首を伸ばした。暁彦を見上げて、「あの」と絞り出す。

「口に、してください……その……キスを」

暁彦は、一度黙ってから、「また……あなたは」と漏らせば、栞里の要望に応えてくれた。

ふっと目を覚まして、栞里は混乱した。

記憶以上に明るいのだ。眠る前、暁彦と抱き合っていたときは昼とはいえ、すでに夕方に向かって太陽が傾きはじめていたはずだ。

それが今は、明らかに窓の外は昼前だ。

（まさか、私……半日以上寝てたの……？）

暁彦の姿はなくベッドに寝ていたあともない。つまり、しばらく前から暁彦は起きていたのだろう。

「んん……っ、喉、痛い……」

うまく声が出なくて、栞里は咳払いをした。

服は暁彦が着替えさせてくれたのか、ふわふわしたルームウェアに替わっている。

激しいキスと律動に翻弄《ほんろう》されている間のことはよく覚えていないし、いつ二度目の絶頂を迎えたのかは覚えていない。

恐らく思い出してしまえば恥ずかしさで死んでしまうだろうから、このままでいいのだ。きっと。

「起きた？」

暁彦が寝室のドアを開けた。

挨拶《あいさつ》をしようとした栞里を、暁彦が手にしたペアのマグカップを掲げるようにして止めた。

「喉が痛むだろうから、ホットミルクを持ってきたよ。話さないで大丈夫」

ならば、せめて寝室からリビングに移動しようとして――失敗した。立ち上がれないのだ。

ベッドの上でぺちゃんと座り込んだ栞里を見て、暁彦は珍しく声をあげて笑った。

「あははは っ、ごめん。今日はゆっくり休んだ方がいい」

「……でも……」

これだけで咳が出た。

「俺が無理をさせたんだ。だから気にしないで」

彼の差し出したホットミルクを受け取り、ありがたくいただく。

蜂蜜が溶かされたそれは、ほっと体に染みていくようだ。

「おいしい？」

こくりと頷く。

「今日のお昼はデリバリーのピザでも食べない？　うちの親はピザも家で作らせていたから、たまに友人の家で食べたピザが、実は好物なんだ」

栞里はそもそもデリバリーのピザを食べたことがない。

ホットミルクを飲みながら、こくこくと頷く。

「じゃあ、それを飲み終わったら、どのピザがいいか選ぼう」

今までふたりの中にあった見えない垣根がなくなった気がする。

栞里は暁彦を見つめて、はにかみながら大きく頷いた。


♪～♪～♪～♪～♪

実際に生活することは、大変なことも多かった。

家事に関してで言えば、多くのことは便利家電が担ってくれている。

洗濯はなんとなくルールは理解している。大事な衣類はクリーニングに出すので、日常的な衣類やタオルは全自動洗濯機がやっている。栞里がすることは洗濯物を取り出して、ハンガーにかけることだ。

掃除もロボット掃除機が毎日床を担当してくれているので、栞里はそのほかを掃除する。日本の学校を卒業しているので、一般的な掃除はできる。学校の掃除の時間は偉大だ。

そう、料理以外のことはなんとなくできるのだ。完璧ではなくとも、困らない程度には。

料理に関しては、暁彦も栞里もセンスがなかった。暁彦の家にはずっと家事使用人がいたため、櫻庭《さくらば》家全体が家事は得意ではないという。

ふたりでレシピ本を買い、『きほんのおりょうり』とひらがなが多めの本を開いて料理をしても失敗した。何が悪かったのか、まだよく分かっていない。

そして、一緒に暮らして何度目かの土曜日の夜、キッチンにて。

ふたりの前には真っ黒い色の鍋が置かれている。黒いのは、中で煮られていたとろみのついた液体だ。

その名も、クリームシチューという。

「……黒い、ですね」

「黒いね。でも匂わないから、焦げたわけではないだろうし」

ふたりで覗《のぞ》き込んだ鍋の中、不格好ではあるが同じようなサイズにきちんと切られたにんじんやじゃがいもが並んでいる。

別に、具材の色はおかしくない。

「一体何が起きたんだ」

暁彦が腕を組んで首をひねる。

琹里は持ったままだったシチューのルーの箱と鍋を見比べた。

別物にしか見えない。カレーとハヤシライスの違いとかそんなレベルではない。もっと深刻に、まったく違うものだ。

「クリームシチュー……には見えませんね」

「味見をしてみようか」

「危険では？」

「いや、ちゃんと手順どおりだし、危険であるはずがない」

しかし、手順どおりに作ってクリームシチューが黒いのだ。この色素はどこから来たのか不思議になるくらいに。

暁彦はためらいなく、おたまで味見用のシチューをすくい、小皿に入れた。匂いは悪くない。

「いただきます」

「……どうですか？」

暁彦は小皿からシチューを食べた。そして、微笑んで頷く。

「不思議なことに、とてもおいしい」

「本当ですか？」

「ああ、やっぱり焦げの味ではないみたいだ。……本当に不思議だな」

「ならよかったです、ほっとしました。今日はホームベーカリーでパンも作りましたから、おいしいお夕飯になりそうですね」

暁彦とふたりだから、失敗もこうして笑い話にできているが、ひとりだったらこうはいかない。

落ち込んでしまうし、きっとつらい。

こういう『普通にみんながしていること』に失敗してしまうことが、一番堪《こた》える。叔母の言葉を思い出すのだ。反射的に。

櫻庭の人間になってから、随分と叔母のかけた呪いは薄まったけれど、まだ体の芯に残っている。

不意に自分自身を見失ってしまう。

失敗したことに対して、声を大きくしてそしられたことはない。頭ごなしに怒鳴られたことも。

しかし、今では分かる。あの失望を込めたため息がどれだけ怖かったか。叔母の出方を窺《うかが》いながら生活することが、あまりにも日常になってしまっていた。

「じゃあ、食事の準備をしようか」

「はいっ」

パンとミニトマトを切りコーン缶を載せたカットサラダ、それにちょっと失敗したけれど、ふたりで頑張って作ったシチュー。

今まで専門の人たちが作ってくれた料理とは、質も品数も比べものにならないが、それでもこの食卓は人生で一番幸福だった。

パンをケースから取り出そうとしたときに、不意に栞里は声をあげた。

「あ、いけない」

「ん、どうかした？」

「来週末、櫻庭のお宅に呼ばれていましたよね？」

別々に暮らしはじめてからも、千春《ちはる》や義母とは連絡を取っていた。

はじめて自分たちで生活を営むふたりを心配した義母は、いろんな心配をして声をかけてくれた。

それでも、ふたりのペースを尊重して、何かを強要することはなかった。

「ああ、そうだったね……両親の結婚記念日だ」

「大事な日です」

栞里の両親は、結婚記念日だけは必ずふたりでディナーに出かけていた。叔母たちは必ず旅行に出かけていたので、櫻庭の両親もそうなのだろうと思っていたが、どうやら家で家族で過ごすことにしているそうだ。

その団らんに、栞里も誘われた。部外者の自分がいてもいいのかと思ったが、櫻庭家のみなが栞里を家族と迎え入れてくれているのだ。

それは素直に嬉しい。

「何かプレゼントとか、どういうものがいいかって分かりますか？」

櫻庭の家にいたときから基本的には与えられてばかりで、何かをしたことがない。

櫻庭の両親の好きなものはよく知らないのだ。あの家は基本的に自室以外はパブリックスペースなので、そこには好みはほとんど反映していない。

家の中で一番開けっぴろげに見える千春でさえ、自室以外で趣味のものを広げない。

調度品は時折変わっていたが、それも季節に合わせて入れ替えているだけで、誰かの趣味ではない。すべてに由緒がある品ばかりだ。

尋ねた栞里に、暁彦は微笑んだ。

「……あなたにしかできないものはもうある」

私にしかできないもの。

すぐに分かった。

ピアノだ。櫻庭家に来て取り返した栞里の一番愛したもの。

暁彦をはじめとする彼らが、栞里に取り戻させてくれたもの。

（そっか……それで喜んでもらえるのか……）

でも、栞里は困ってしまった。

今まで、誰かのために弾いたことなんてないのだ。

招待されて演奏したことはあるが、そのピアノは広く人に聴かせるものであって、特定の人物に送るものではなかった。

「どうかした？　難しい顔をしている」

「……私、誰かのためにピアノを弾いたことがないんです」

隠し立てしても仕方ない。素直に言うと暁彦は少し驚いたようだ。

「俺のために弾いてくれているけど」

「そうですか？」

「はは、俺はそう思ってたよ。単純に君が弾いているのを見るのが好きってだけかもしれないが」

暁彦は穏やかに微笑みながら、栞里の頭を、髪を梳《す》くようにして撫でた。

「なるほど……じゃあ、おふたりの思い出の曲とか、クラシックの好きな曲とかありますか？」

「なんだろう。なんでも聴くと思うよ。あまり、そういう好みがある印象はないな」

「難問です……好みがあるのなら、それに合わせて……っていうこともできますけど。少し考えてみます」

「きっとなんでも喜ぶとは思うよ、栞里さんがそうやって考えてくれただけで。……さぁ、そろそろ食事にしようか」

「はい」

促されて、栞里は暁彦と食事の用意に戻った。

誰かのために奏でるピアノは、一体どんな曲が相応《ふさわ》しいのだろうか。

栞里を救ってくれた人たちに似合う音楽は、一体なんだろうか。


♪～♪～♪～♪～♪

結婚記念日に向けて、まず手土産のお菓子を買った。

有名なお店のものは他の人からもらうだろうから、栞里が気に入っている近所の洋菓子店のドラジェセットにした。さまざまな色のドラジェが、清潔感のある白地に青いリボンが描かれた缶に詰まっている。

高級なものではないが、心を込めて選んだつもりだ。

時間どおりに迎えの車がやって来て、栞里と暁彦を櫻庭邸に連れていった。

久しぶり……というほど離れていたわけではないが、とても懐かしく見えた。正門から見た庭園は花の種類が変わっていた。

車止めに回れば、玄関から義両親が出迎えてくれる。

「忙しいときにすまないね、いらっしゃい。暁彦、栞里さん」

柔らかな笑みを浮かべながら、義父が言う。栞里は恐縮しながら紙袋を差し出した。

「結婚記念日、おめでとうございます。ええと、これ……気持ちばかりですが、どうぞ」

「まぁ……お花までいただいたのに、ありがとう、栞里さん嬉しいわ」

「お口に合うといいんですけど」

「うふふ」

栞里のプレゼントを受け取ったふたりは、嬉しそうに肩をすくめて顔を見合わせた。

「さぁ、中に入って、まずはお茶にしましょう」

サロンに向かうと、千春は本を読んでいた。

「千春、お兄ちゃんたちが来たわよ」

「あ、お義姉《ねえ》さん！　いらっしゃい！」

義母の声に顔を上げて栞里を認めると、嬉しそうに本にスピンを挟んで立ち上がった。そして、栞里をハグする。

「会いたかった〜！　ちぃ兄に意地悪されてない？　顔、怖いでしょ？　いやなことあったら、いつでもこっちに逃げてきていいんだからね？」

「千春……」

「何よ、ちぃ兄。都合の悪いことでもあるの？」

「ない」

「じゃあ、いいじゃん。ね〜、お義姉さん」

ぽんぽんと速いテンポで交わされる会話に、栞里はなかなか口を挟めずにいたが、ようやく話す隙を得た。

「大丈夫です。暁彦さんはいつも優しいです。顔も、怖くないです、とってもきれいです」

栞里は真剣に答えたが、サロンの中は奇妙な沈黙に満ちた。

栞里を抱き締めたままだった千春は目をまん丸にして栞里を見つめていて、義両親は何度もまばたきをしている。

「あ、何か……失礼なことを言いましたか？」

大事にされていることを伝えたかったのだが、伝え方がまずかっただろうか。

「あの、新しいお家でもピアノの練習はしていますし、暁彦さんがお休みの日はふたりで料理をしたり、一緒に出かけたりして過ごしています。いつも私のことを気遣ってくれて」

「ありがとう、栞里さん。大丈夫、きっとみんな伝わったよ」

暁彦が気まずそうに栞里を止める。

くすくす笑いながら、義母が嬉しそうに頷いた。

「よかったわ、うまくいっているみたいで。この子、あんまり自分の気持ちを主張しない子だから、何を考えているか分からないところがあるでしょう。心配してたのよ」

確かに、お見合いの頃を思えば、暁彦は分かりやすい人ではなかったかもしれない。ただ、栞里は彼が優しい人であることを知っていた。

音楽教室での暁彦は、栞里に合わせてチェロを弾いてくれた。年の離れた幼い栞里に合わせて演奏することは楽しいことではなかったはずだ。恐らく栞里が逆の立場だったら、暁彦のように何度も付き合って演奏をしてあげることはなかっただろう。

それに、その後のコンサートもずっと応援してくれていた。

すべてが競争の世界だった栞里にとって、家族や講師を除いて自分を素直に応援してくれる存在は暁彦くらいしかいなかった。

彼は、ずっと栞里の人生に寄り添ってくれていた。形を変えても。

「私は、いつも安心して暮らしています。みなさんのおかげです」

ああ、久々にこうして顔を合わせると、しみじみと感じる。

この家は温かい。

叔母たちと暮らしていたときには感じられなかった安らぎが、この家の中には満ちている。

それは暁彦がくれるものとよく似ている。

栞里が失った家族というものを思い出させてくれた。

そっと暁彦が大きな手で栞里の背中を撫でてくれた。その温度にほっと息をつき、彼を見上げる。

その瞳は優しさに満ちている。

「あなたはもともと、こういう愛を受け取るべき人物なんだ」

「そうだったら、嬉しいです……」

けれど今の栞里を叔母が見たのなら、きっと顔をしかめて栞里の不作法を責めただろう。

わがままだ、自分勝手だと。

暁彦は、栞里の背中をポンポンと撫でた。

「プレゼントを用意したんだよね。栞里さん」

「先ほどいただいたけれど……？」

義父も不思議そうに首を傾《かし》げる。

栞里はおずおずと前に歩き出した。

サロンには以前はなかったグランドピアノが置かれていた。もともとは栞里の自室にあったのだが、引っ越しの際にサロンに移動してもらった。

誰もが気軽に触れられるように、ピアノは誰かに弾かれないと意味がない。

栞里はピアノの椅子《いす》に腰掛けて高さを直した。ヒールの靴ももう持っていない。

自分の体の感覚を取り戻すために、必要な作業だった。

ピアノの鍵盤を叩くために長い爪はいらないし、ヒールだってペダルを踏むのには邪魔になる。

息を吸う。

誰かのためにピアノを弾く。そんなことを考えたこともなかった。

ただただ、楽しくてピアノをはじめて、その先は才能があると言われて弾くことを半ば強要された。

いやだったわけじゃない。だが、栞里にピアノに関しての選択肢は一度もなかった。

弾くか、弾かないか。

コンクールに向けて、自分を追い込む弾き方を長いことしてきた。

それが、自分とピアノの距離だった。

両親が死んでからは、叔母のこともあり特に顕著になった。

叔母にとってピアノは、名声を運んでくる道具であり、それ以上でもそれ以下でもなかった。

家の中で流れるピアノは雑音扱いされたが、コンクールで入賞することは褒《ほ》められた。

鍵盤に指を置く。

音は私とともにある。

祈るように、愛するように、奏でるのだ。

愛を返すために弾くピアノの音は、どう心に響くだろうか。


最後の一音を叩き、音がサロンの天井を舞うように響いた。

ほっと息をついて天井を振り仰ぎ、目を伏せた。

静かに、ゆっくりと拍手が広がっていく。あまり練習に時間をかけられなかったから、満足のいく演奏だったかと言われたら自信がない。

けれど、今までで一番、想いを込めた。

櫻庭の家が与えてくれたものは、どんなものでも返せるものではない。

「……何がお好きか分からなかったので、有名な映画音楽でメドレーを編曲してみました」

義父母は嬉しそうに頷き合っていた。拍手しながら、義母の瞳にはうっすらと涙が浮かんでいる。

「ありがとう、とても素敵だ」

「気に入ってくださいましたか？　よかった」

ポピュラーミュージックをあんまり弾く機会はなかったが、気に入ってくれたようでほっとした。

「やっぱり、栞里さんのピアノは美しいね。あなたがまたピアノを弾けるようになって、本当に嬉しいよ」

「ありがとうございます」

「これは図々《ずうずう》しいお願いかもしれないが、今度創業記念祭があるんだが、そこで一曲弾いてくれるかな？」

おずおずと義父が依頼した。栞里は頷く。

「もちろんです、喜んで――以前ほどの実力はないかもしれませんが、私でよければ」

「栞里さんに弾いてもらえたら、嬉しいことはこれ以上ないよ」

音楽は素晴らしい。

失いかけたその思いをこうして取り戻させてくれた人々が、自分の音で喜んでくれるなら、それ以上嬉しいことはないと思った。

結婚記念日といっても、栞里の記憶していた櫻庭邸の日常とあまり変わらない一日だった。

何か特筆することがあるとすれば、普段は激務の義父がしっかりと時間を作って一日中、家族と過ごしていたくらいか。

子どもがどちらも独立する年齢になっても、こうして思い合い、それをしっかりと態度に出せるふたりが素敵だと感じる。

「楽しそうだね」

暁彦の声に振り向く。

この日は、お茶会に晩餐と家族水入らずで過ごした。いつもなら忙しく働いている使用人の姿も最低限しかいない。

夕飯が終われば帰宅するつもりだったが、義母のすすめで宿泊することになった。

「楽しかったです、みなさんの仲間に入れていただけましたし」

「はは、よかったよ。母はああ見えて我が強いからね。言い出したら聞かないんだ。泊ることになったけど大丈夫？」

「はい。無理はしていません」

嘘《うそ》ではない、無理はしていない。

琹里たちの部屋はそのままなので、お言葉に甘えることにした。

何しろ、さすがに疲れた。

優しい人たちとはいえ、義理の家族だし、そもそも琹里は家族との距離感が分からない。

どうしていいか分からないまま、櫻庭家の好意に甘えているのだ。

「本当に優しい人だね、君は」

暁彦は栞里の髪を耳にかけるようにして撫でて、ちゅっと側頭部にキスをした。

その感触がくすぐったくて、栞里は首をすくめる。

「暁彦さんも、練習に付き合ってくださって、ありがとうございます」

「聴いていただけだよ」

「それでも、やっぱり耳がいいから、すごく助かるんです」

今日披露した曲は、確かに栞里が編曲したものだ。一般的に売られているシネマミュージック系のメドレーの楽譜では難易度的に満足できず、それならばと選曲からやることにした。

「作曲の勉強をしたんですか？」

「本格的なものじゃないけどね、少しだけなら」

きっと少しだけじゃないはずだ。

暁彦は人の何倍も努力する。チェロだって『趣味程度』と言う割には、しっかり手入れを怠《おこた》らず、指先だって変形している。

作曲も音楽大学レベルではないのだろうが、きっと習っていた時期があるのだろう。

「いろんなアイデアがあって驚きました」

「そんなことはないと思うけど」

「ありますね。来年はもっと時間をかけて下調べをして、満足してもらえるようにしたいです」

「はは、妬《や》けるね」

「え……っ、て、きゃっ」

暁彦は栞里をお姫様抱っこの要領で抱き上げた。

そして、そのままベッドに連れていく。

「あ、危ないですよ」

「あなたは軽いよ」

「そ、そういうことではなくて、腰を痛めたらどうするんですか」

「あなたと結婚していてよかった。湿布を貼ってくれるでしょう?」

「は、貼りますけど」

暁彦は随分と丸くなった。

いや、記憶の中の暁彦のように穏やかになったのだ。

婚約者となってから、本当の夫婦になるまでの間にあった緊張感はすっかり取れて、今では自然体で笑ってくれる。

そのことが本当に嬉しく感じる。

この部屋を使いはじめた頃、暁彦は栞里にずっと敬語で硬い表情だった。

ベッドにそっと下ろされる。

スプリングが優しく栞里を受け止めて、隣に乗り上げた暁彦の重みに揺れる。

「この家にいると、あなたがいかに愛される人かを思い出す」

「どういうことですか？」

「言葉のまま。あなたは自覚してないけど、とても愛される人だ」

反論しようとしたとき、暁彦がゆっくりと近づいてきた。

ああ、キスをするんだ。

恋愛はすべて暁彦とのことがはじめてだ。栞里はいつものように目を伏せて、少しだけ顎を前に出した。

けれど、なかなか触れ合わない。

不思議に思って目を開けると、暁彦が十センチほどのところで止まって、目を細めていた。

「なっ」

見られていたのだ。真っ赤になって栞里は暁彦の胸を叩いた。その手も簡単に暁彦に取られて、ぐいっと引っ張られる。

そして、抱き締められた。

「……あぁ、独り占めしていたいと思うのに、同じくらい、あなたはもっと世界に知られないといけないとも思う」

「暁彦さん？」

「今日、サロンで弾いている姿を見て思い出した。いや、忘れていたかっただけなのだろうけれど……」

暁彦は何かを逡巡《しゅんじゅん》するように口をつぐむ。

彼の腕の中でもぞもぞと動き、ようやく顔を見合わせる。

よく分からない、不思議な表情だ。

「あなたの人生を選んでもらうために、俺は手を差し伸べた」

「暁彦さんがいなかったら、二度とピアノは弾かなかったかもしれません。心から感謝しています」

「……ありがとう……」

お礼を言っているにしては、暁彦の表情は沈んだままだった。

その日は暁彦は茱里を抱き締めながら眠った。何かに縋《すが》るようにして。

翌朝の日曜日も、朝食から食卓を囲んだ。

千春はやっぱり眠そうだったけれど、きちんと身だしなみを整えているあたり、結婚記念日は特別な日なのだろう。

義父母が揃《そろ》っていることはとても嬉しかった。

暁彦以上に激務で、日本だけではなく世界中を行き来している人が、妻のために時間を空けたのだ。

特に会話があるわけではないが、和やかな朝食は居心地がいい。

「……ふふ」

義母が突然笑った。栞里はきょとんとして、手を止めて義母を見た。

「ごめんなさいね。なんだか栞里さんがはじめて家に来た頃は、緊張して食事も摂れていなかったことを思い出しちゃったのよ」

「あ……」

栞里は叔母たちとの暮らしの中で、人前で食べることが苦手になっていた。

けれど櫻庭の家に来て、暁彦と過ごす日々が延びるにつれ、徐々にだが食べられる量が増えた。

（……毎晩、暁彦さんもお茶をしてくれてた……大変だったろうな、時間を作るのは……でも、おかげで食べられるようになった気がする……）

ちらりと彼を見ると、何も言わずに食事を進めていた。

栞里が緊張していたのではなく、食べられなくなっていたと言うつもりはないのだろう。

ならば、栞里も言う必要はない、義母を悲しませたくない。

「みなさんがよくしてくださるので、もう緊張しません」

「あら……ふふ、嬉しいわね」

「今回も、ご家族の大事な日に呼んでいただけて、とても嬉しいです」

「栞里さんは私たちの娘だからな」

義父がそう言うと、義母もおっとりと頷いた。

「昨日の話の続きなんだが、もし栞里さんに抵抗がないのなら、本当に創業記念に一曲弾いてもらえないかな。暁彦のパートナーとして紹介するのにも一番いい気がしている。頼まれてくれるかな?」

「喜んでお引き受けします」

今までもパーティーで招待されて弾いたことはある。

「よし、じゃあ、契約書を作らせよう」

「け、契約書なんていりません……!」

「何を言んだ、きちんと対価は支払うよ。家族だといっても、あなたの技術を搾取するつもりはない」

義父の言葉に戸惑って暁彦を見る。

「父の言うとおりだと思う。これからのことも考えたら、きちんとしておいた方がいいことだよ」

今まで、すべては叔母が判断していた。招待されるものもすべて叔母が間に入っていたので、どんなやりとりがあったのか、栞里は知ることができなかった。

だが、これからは違うのだ。

「分かりました、お願いします。ただ、内容に関しては分からないので、教えていただきながらになると思います」

「もちろんだ、今後も困らないようにしておこう」

「そうだよね、お義姉さんのいろいろな習い事も終わってきたし、そろそろ次に何かするってなったらいい時期だもんね」

千春がしみじみとつぶやいた。

栞里は一瞬、息が止まった。そして、お見合いの席でもらった暁彦の言葉を思い出す。

――あなたがまた自分の人生を選べるように、わたしが手を貸しましょう。

私が、次に何をしたいか。

急に温かな食卓から弾かれたような居心地の悪さを覚える。

何も考えていないことが、こんなにも申し訳ないなんて。

俯《うつむ》きかけた栞里の足に、とん、とさりげなく暁彦が自らの足を添えた。

涼しげに食事をしているが、栞里に心を砕いてくれている。

今後、どうなるかまだ分からない。考える余裕もない。

でも、選択はしなくてはいけないと、栞里も痛感しはじめていた。

この先は栞里と、暁彦の人生なのだから。

♪〜♪〜♪〜♪〜♪


緩やかに彼女が変わりはじめていることには、暁彦が誰よりも気付いていた。

一番そばで彼女を見つめている。マンションにふたりで暮らしてからなおのこと、彼女はのびのびと過ごすようになった。

櫻庭の家を気に入ってはくれているが、あそこは栞里からすれば義理の実家でしかない。気を遣わないわけがない。

ましてや思春期のほとんどを、息を殺すようにして生きてきた子だ。

天才少女の名を欲しいままにした少女は、十五歳でその身に振りかかった不幸により徐々に調子を落としていった。

コンクールでの成績はどんどん下降し、国外のコンクールに出場しなくなった姿を見て「十で神童、十五で才子、二十過ぎればただの人」と言う人も多かった。

だが、暁彦はじっと考え込んでいた。

彼女は生きる力を失いつつあるように見えたし、まるで別人のように変わってしまっていた。

理由は簡単、彼女の置かれた環境だ。

彼女は今でもピアノを愛している。それを知っているからこそ、応援したいと思う。その気持ちは彼女と過ごす時間が長くなるうちに独占欲に変わっていった。

はじめは千春と変わらないと思っていた。妹のようなものだと。

それが、今はどうだ。彼女の自立を助けるための結婚と言っていたくせに、彼女に触れて、その奥深くまで曝《あば》いた。

暁彦は自分が兄のような勉強の天才でも、栞里のような音楽の才があるわけでもないことを知っている。

人は暁彦を褒めた。賢い子だと、チェロも弾けると。

でも知っていた。自分自身はたとえるならオーケストラのひとりなのだ。栞里や兄のようにスポットライトの下に行くこともなく、静かに淡々と与えられた役割をこなす。いなくてはならないが、特別ではない替えの利くピースのひとつ。

暁彦は櫻庭の家に生まれただけの凡人だ。努力を才能だと言うのならば、才能があるだろうが、天才ではない。

その諦観を心に秘めて、亡くなった兄に代わり、一心に歩いてきた。

自分の夢を栞里に託すことを卑怯《ひきょう》だと思わないわけではない。

それでも、栞里の活躍に胸を躍らせた。

どれだけ苦しくても、彼女の音が暁彦を慰《なぐさ》めた。

はじめは断固として「ピアノは弾けない」と話していた栞里だったが、一度でも触れたのなら、もうピアノから離れられないことは明白だった。

残酷なまでに美しいピアノの音色を、彼女は紡ぎ続けていく。

新居では防音室を用意したので、彼女は気が済むまで練習している。

今回の両親の結婚記念日に向けても、申し訳なくなるくらい彼女は集中して取り組んでくれた。暁彦に意見を求めて、何度も何度もプランを変えて、最高のものを届けてくれた。

彼女の人生を、自分が浪費させていいものか。

暁彦の思考は、最近そのあたりをずっとさまよっている。

答えのない問いだということも理解している。栞里がどうしたいかが分からなければ、暁彦がどうするかはまた別の話なのだ。


「あ」

夕食後、洗い物に立った栞里がつぶやいた。

両親の結婚記念日から五日後の金曜日、ようやく暁彦は栞里と夕食の時間を合わせることができた。和やかに会話をし、お互いの一週間を報告し合う。

会話の中で目が合うと「ふふ」と栞里が笑ってくれるのが、ふわりと春風が吹いたように心地よい。

お互いに自分の使った食器をキッチンに運んだときだった。

「食器用洗剤が切れていたんでした」

「ああ、そうなんだね」

「うーん、食洗器の方の洗剤はあるんですけど、やっぱりちゃんと予洗いをしたいですよねえ……、私、買ってきます」

すでに二十時を回っている。暁彦は咄嗟に栞里の手を取った。

「危ないよ、もう暗い」

「子どもじゃないんですから。って、私、学生の頃の方が遅くまで外にいましたよ。今時、小学生だって遅いですしね」

「いや、一緒に行くよ」

「……」

栞里はきょとんとして、暁彦を見上げた。

「……分かりました、一緒に行きましょう。アイスでも買って、デザートにしませんか？」

「そうしようか」

ふたりとも上着を羽織り、さっと近所のコンビニまでというつもりで家を出た。

外は思ったよりも暖かく、街灯もあって明るい。

並んで歩くと栞里の頭は肩より低いところにある。華奢《きゃしゃ》な栞里のそばにいると、暁彦はまるで巨人になったかのようだ。

もともと大柄ではあるが、周囲の人間にどう見られるかどうかを気にしたことがない。立場上、軽んじられないようにと思ってはいるが、その程度だ。

だが、栞里の前ではもう少しよく見られたいと思う。彼女に幻滅されないようにと、見た目に気を遣うようになった。

「創業記念パーティーの曲は、お義母《かあ》さまと相談して決めることになりました」

「そう」

「ブランクがあるので、少し緊張しますが……お役に立てるように頑張りますね」

「楽しみにしてる。パーティーまでは俺も忙しくなるから、あまり一緒に過ごせなくなるけれど」

「さみしいですが、仕方ないですね。お互いに頑張りましょう」

栞里はそう言って笑った。

彼女の演奏のブランクは、普通に聞いている分では分からないだろう。

しかし、本人が一番感じて苦しんでいた。その不自由さを振り切るために練習に打ち込んでいる。

そんな彼女の頭をぽんと撫でる。

「……パーティーが終わったら、休みが取れる。少しゆっくりと遠出をしよう」

「え……」

琹里は目を輝かせた。

「楽しみです、頑張りますね」

「ああ。どこがいいか考えておいて、俺の方でもいろいろ調べておくから」

「はい」

他愛もない会話だった。

しかし、その空気は簡単に打ち破られた。

道の隅に影がある。それを目にした琹里の体が、みるみるうちに強ばっていくのが分かった。

「叔母さま……？」

あれが、井沢《いざわ》の叔母か。

記憶の中の女と、目の前の女が結びつかない。

琹里と姉妹のように見えていたのが嘘のように老けていた。やつれているのに、瞳だけに異様な力がある。

「……だ」

「え？」

「あんたのせいよ！　恩知らず！」

金切り声をあげて、こちらに近づいてくる。

咄嗟に暁彦は栞里の前に腕を広げてかばう。

「近づくなと言ったはずですが」

「うるさい、迷惑料を払え！　こっちはみなしごになったあんたを養ってやったのに！　こんな目に遭わせて、恥ずかしくないのか！」

「あ……」

暁彦を無視して、井沢の叔母は栞里に向かっていく。

「誰のせいでこんな目に遭ってると思うんだ！　栞里！　こっちを見ろ！」

美しい女性だった。少なくとも造作に関しては。滲み出る醜悪さはあったが、それを覆《おお》い隠す余裕があった。

だがそれは、すべて引き剥《は》がされた。暁彦の手によって。

栞里から搾取していた財産を奪われ、追いやられた。贅沢《ぜいたく》さえしなければ中年にさしかかった夫婦が暮らすだけの解決金は、すでに暁彦から渡している。

自業自得に過ぎないが、こうしてまた目の前に現れるとは。

ぬかった。もっと徹底的に排除すべきだった。

やはり、甘いのだ。もっと徹底的にやらなければいけなかった。

「茱里さん、行こう」

「クソ男！　あんたのせいで何もかもなくした！　よくしてくれるふりをしてお前も茱里の財産を狙ってたんだろう！」

無視をするしかない。何を言っても無駄だ。

こういう輩《やから》は徹底的に避《さ》ける以外に方法はないのだ。

「叔母さま……どうしてここに……？」

「この間、櫻庭の家が結婚記念日だったから、見張っていたんだよ。このマンションのセキュリティじゃ入れなくて……出てくるのを待ってたのさ」

相手にする必要はない。

暁彦は茱里を引き離そうとするが、彼女自身が一歩前に踏み出した。

驚いて見下ろせば、茱里は暁彦を見上げて頷いた。

（……任せよう……何かあれば、俺が対処すればいい）

そっと腕を下げ、彼女が動くのに任せた。

「私には、自由にできるお金なんてありません」

「井沢飲料があるだろうが！」

「あれは私有財産ではないです。祖父や父が守ってきた『会社』で、私のものではないんです。株式は確かに所有しています。それは創業者一族だからです」

張り上げられた金切り声に、栞里は淡々と返していく。

「私には、何もありません。あるのは自分の体だけです」

「嘘だ！　どうにでもできるだろう！　あんたは今でも奥様みたいな格好して、自由に暮らしてる……！　あたしとは違うんだ！」

「叔母さま……」

「あんたは本当に母親に似ている、あんな庶民出で、いい大学を出たくらいで……お兄さんと結婚しただけであたしの取り分まで奪っていったんだ！　馬鹿《ばか》にしてるんだろ。ずっとそうだった、みんなあたしを馬鹿にした」

栞里の祖父は、自らの娘である栞里の叔母を経営からは遠ざけたと聞いている。誰に聞いても経営に興味を持たずにふらふらとして過ごし、栞里の両親が亡くなったと聞きつけて駆けつけたのだと言った。

損得勘定に敏感で、自分が満たされないことに非常にフラストレーションをためやすい。

暁彦は、栞里の母のことも覚えている。

確かに旧華族や財閥の関係者ということもなく、一般的な家庭の出身だった。そこから努力して日本最高学府に現役で入学し、井沢飲料に入社、同期のひとり——栞里の父であり創業者一族の御曹司と出会い結婚した。

そのことを、鼻にかける人ではなかった。どちらかといえばおとなしくて、いつも周囲を気にしている様子があった。

　神童と呼ばれる娘がいることを誇《ほこ》らしげに思うよりは、どこか後ろめたく思うような、そんな印象があった。

「叔母さまが、私をどんな風に思って、どんな風に言おうと構いません。実際に私ができない手続きやいろんなことをしてくださったり、手配してくれたことは嘘ではありませんから感謝しています。でも、そのほかに関しては、申し訳ないですが私は譲れません」

「なによ……」

「母のことも暁彦さんのことも、悪く言わないでください。私は何も持っていません。暁彦さんしかいないんです。祝福してほしいとは言いませんが、こうして不意打ちでやって来るのは最後にしてくださいませんか？」

「あなたが次に現れたら、警察を呼びます。明日には弁護士を通して、現状であなた方にできる対策をとります」

　暁彦はゆっくりと、そしてはっきり強く告げた。

　これ以上、栞里と話をさせておく必要もない。

　感情論は平行線を辿《たど》る。

「行こう」

　暁彦は栞里の手を取って歩きはじめた。

今度は栞里も「はい」と続いてくれる。

栞里の叔母は追ってこなかったので、少し安心する。少なくとも、ここで何かが起きることはない。

それでも、念のために手前の角を曲がった――ところで、栞里はへなへなとしゃがみ込んだ。

「ご、ごめんなさい……腰が抜けてしまって……」

暁彦の手を握ったまま、栞里はうずくまってしまった。

つないだ手は微《かす》かに震えている。

（……どれだけの勇気を振り絞ったのだろう……、ほんの少し前まであの女の支配下にいたのに）

そのいじらしさに、芯の強さに、胸が痛む。

咄嗟に自分も膝をつき、そのまま栞里を抱き寄せた。

「暁彦さん？」

「頑張ったね。よく頑張った」

それ以上うまく言葉が出てこない。

栞里はどれほどのものを奪われても、ここまで歩いてきた。

社長令嬢、ピアノの才能。

これだけを見て、彼女を恵まれていると言う人は少なくないだろう。

だが、この細い体でどれだけの理不尽と戦ったのか。

練習環境が劣悪になった中でも、彼女はコンクールに出場し続けた。前ほどではないとしても成績も残し、表向き苦しみは見せなかった。

叔母に抑圧された生活の中で、ピアノにだけ救いを見いだし、必死に生き抜いた。

「俺はあなたを誇りに思う」

「……ふ……う……うう……」

糸が切れたように栞里は泣きはじめた。

暁彦は彼女が泣きやむまで抱き締め、その髪を撫で続けた。

彼女を傷つけるものは許さない、全力で排除する。

たとえ、それが自分でも。

（……彼女が望むことをすべて叶《かな》えよう。俺が……）

栞里を愛しているのなら、これは、正しい選択だ。

第七章　私の人生は……

創業記念祭での演奏の曲は、義母と相談してショパンの『マズルカ作品七』になった。マズルカは国際コンクールの予選でも課題曲に選ばれるもので、難易度もありつつ聴き応えもあれば、知名度も高い。

それに、義母は栞里《しおり》がかつて『マズルカ作品七』を弾いたコンクールのことを覚えていたようで、それをまた聴きたいと言ってくれた。

嬉《うれ》しかったが、プレッシャーも感じる。

本番までは三ヶ月しかない、同じ水準で弾きこなすことは難しいだろう。

栞里は練習に明け暮れた。

それは、自分の中の悩みに向き合う時間でもあった。

あれから叔母は姿を現してはいない。暁彦《あきひこ》は引っ越そうかと提案してくれたが、それは必要ないと思っていた。

あの日も家の中まで入られたわけではない。このマンションはセキュリティもしっかりしているし、もしも探偵でも雇われたのなら、櫻庭《さくらば》栞里を見つけるのは簡単なことだ。なら、わざわざそこに労力を裂く必要はない。スカイラウンジを経由しないといけない高層階なので、叔母は入ってくることができない。

叔母のことだけではない。栞里の中では『将来』という言葉が大きく頭を占めていた。

(私はどうしていきたいんだろう……)

今までの人生はピアノしかしてこなかった。それが許されていたし、自分でもそれでいいと思っていた。

思えば両親が亡くなるまでは、将来的にはパリに留学すると考えていた。

叔母と暮らしてから、それではいけないと言われ続け、納得しようとしていた。

実際に栞里のコンクールの成績は下がっており、その度に叔母に謝罪をしていた覚えがある。

だからこそ「卒業後は就職すること」ということに納得もしていた。

もともと芸大を卒業したとして、演奏家として生活している人間は少ない。数で言えば教員や講師になるのが最も多く、プロのオーケストラ、ましてやソリストとなってしまえば、さらに数が限られる。

——いつまでもピアノばかりをやってはいられないのよ。

叔母の言葉は絶対的な指針になっていた。

でも、今は。

私に選択権があるという。

何が？　どうすればいいの？

答えがない。

だからこそ、栞里は目の前のことに打ち込んだ。考えることを放棄するために。


「ドレスの新調……ですか」

夜のお茶の時間に、栞里はきょとんと繰り返した。

暁彦は紅茶を傾けながら、頷《うなず》く。

「そう。創業祭のときに、パーティードレスを新調した方がいいんじゃないかと思うんだけど、どうだろう」

「ああ……そうですね」

結婚してから、暁彦は栞里の生活に困らないように衣食住を整えてくれた。

その中にはいわゆる冠婚葬祭やパーティーにまつわるものもあった。ただ、確かにピアノを弾くことを前提にしていないものだ。

栞里は演奏をするとき、大体ノースリーブのドレスを選ぶ。腕の可動域が広がるし、突っかかる感覚がない。

「ノースリーブのものがあると嬉しいです。それに、創業記念祭での演奏ですから、華やかさも大事ですよね」

「そうだね、俺の伴侶として紹介する場でもあるから」

「結婚式だけでは、足りないってことですね」

それはそうかもしれない。かなりの人数を披露宴には招待していたが、それが関係者のすべてではないだろう。

むしろ、足りるわけがないのだ。櫻庭グローサリーの子会社の社長や役員たちを全員呼ぶこともできていないはず。

そういう意味でも、今回の創業記念祭に栞里が参加する意味がある。

栞里がそう考えを巡らせていると、暁彦の手が伸びてきた。頬を撫《な》で、まぶたの下を親指でなぞる。

「……少し痩《や》せたね。ちゃんと食べる時間を取ってる？」

栞里は曖昧《あいまい》に笑う。

食欲は確実に落ちていた。流されるだけではなく、自分で考えないといけないと思ってから、少しずつ食べることがおっくうになった。

「頑張りますね」

「あなたはいつも頑張っているよ。……でも、そう言うのなら応援する」

「暁彦さんこそ、忙しいでしょう？　眠れていますか？」

今は寝室が一緒だが、夜のお茶をともにすることができたときでも、そのあとの時間に暁彦は書斎にこもることが増えた。恐らく持ち帰った仕事を片付けている。

「……一般的な基準で言えば、寝てはいないかもね。でも、一番忙しい時期に比べればまだ寝ているよ」

「そうですか」

経営者は想像以上に忙しいものだ。

暁彦は徐々に義父から業務を譲渡されていたし、関連企業の社長などの役員も兼任している。

「創業記念祭が終われば時間ができる。それまでは頑張るよ」

「はい。私も頑張ります」

そこまで言って、栞里はそっと手を差し出した。

小指を立てて、ぐいっと暁彦に向ける。

「ん？」

「指切りしましょう。無理をしないでほしいんです。必要なこともあることは分かってますけど……」

「分かったよ」

暁彦も、栞里に応じて指を絡めてくれた。

「指切りげんまん、嘘ついたら針千本のーます、指切った！」

上下に揺らしながら、お約束の文言を唱えれば、暁彦の目尻が柔和に緩んだ。

「よく言うけど、本当に物騒な言葉だね。げんまんは拳骨《げんこつ》一万回だっけ？　栞里さんが俺を拳《こぶし》で一万回殴るのは阻止しないとな」

「殴りませんよ。もし約束を破っても、実際には針も飲ませません」

「分かってるよ」

暁彦は温かなまなざしのまま、栞里の指先を見下ろす。

縁談のときから、暁彦が指先を気にしていたことを覚えている。

ネイルアートでピアノが弾けなくなっていた栞里の指に憤ってくれた。

今は練習でひょう疽《そ》ができはじめている。短い爪に赤く腫《は》れた指先。決して見栄えのするものではないが、彼は誇《ほこ》らしそうにしてくれる。

「創業記念祭まで、お互い頑張りましょうね」

「ああ」

そうして、手を握ってふたりで笑い合った。

今はまだ、目の前のことだけを考えよう。

♪～♪～♪～♪～♪


櫻庭グローサリーの創業記念祭は日比谷《ひびや》のホテルの大広間を貸し切って行われた。

皇族の結婚式や大規模な迎賓に使われるだけあって、豪華なだけではなく品格もあり、従業員たちも非常に落ち着いている。

隅には簡易的なオーケストラブースがあり、そこで弦楽カルテットが生演奏を披露している。

近くに置かれたグランドピアノの存在は、無視をするには大きすぎる。

栞里は暁彦のそばで、招待客に挨拶《あいさつ》をしながらどんどん緊張していく体を感じていた。指先が強ばり肩が上がる。

頭の中には暗譜したショパンの『マズルカ作品七』が延々と流れている。

（……この曲は、ちゃんと弾きたい）

十五歳のあの日、栞里はこの曲を予選で弾いた。母が好きだった曲だ。

――ショパンの『マズルカ』も華やかでいいわよね。コンクールのイメージもあるし、栞里さんにも似合う気がするわ。

打ち合わせのとき、義母はおっとりと言った。

咄嗟《とっさ》に反応ができなかった。『マズルカ』は有名な曲だ。ピアノソロでも目立つし、琹里自身もショパンをはじめとするロマン派が得意だった。

義母はそれを意識してくれたのだろう。

琹里が『マズルカ』を何年も弾いていないということを知らずに。

──頑張ります。

相応《ふさわ》しい曲だと思う。マズルカはショパンが好んだ題材のひとつだ。故郷の民俗舞踏を体験したことに端を発し、それをピアノ曲として作曲したという。

琹里自体も事故さえなければもっと弾き、コンクールでも避《さ》けて通れない曲になるほどの有名曲でもある。

ブランクと精神的負荷は琹里を追い込んだ。

しかし、そのストレスから逃げてはいけないと自分に言い聞かせて、必死で練習に打ち込んでいた。

いよいよ本番の時間が迫る。

今日のために、オフホワイトのロングドレスを新調した。ノースリーブのそれは、裾に向かってつる薔薇《ばら》の刺繍《ししゅう》が施されている。幾重にも重ねたチュールもあわさって、とても幻想的だ。

髪を結い上げオリーブの葉を象《かたど》ったバックカチューシャをつけただけで、アクセサリーはほとんどない。

これ以上は演奏の邪魔になる。今はヒールを履いているが、控え室にはフラットシューズを置いている。

招待客も井沢《いざわ》栞里のことを知っている。

音大を卒業し、櫻庭家に嫁いだ元天才少女。表だって誰も触れないが、ピアノを意味ありげに見る人たちの姿はやはり目にとまってしまった。

(大丈夫……練習どおりにやればいい)

栞里はにこやかに挨拶の時間を過ごした。

「……大丈夫？」

「え？」

客が途切れた間に、暁彦が栞里に尋ねた。

聞こえなかったと思ったのか、身をかがめて耳打ちしてくれる。

「大丈夫？　緊張している？」

低い声が鼓膜を揺らす。

「少しだけ」

「『マズルカ作品七』は、あの日以来だからね」

暁彦がさらりと言う。

今まで、栞里は誰との会話にも、両親を失ってからこの曲を弾いていないことは伝えなかった。

「気付いていたんですか……?」

「もちろん。あなたの一番のファンだからね」

「……暁彦さん……」

「もしつらかったら、別の曲を弾いてもいい」

「ありがとうございます」

気付いてくれていた。

それがこんなに嬉しいなんて思ってもみなかった。

気を遣わせるのがいやで誰にも言わなかったことを、暁彦はそっとすくい上げて寄り添ってくれようとする。

暁彦に言葉を返そうとしたときに、ホテルのスタッフがやって来た。

「若奥様、そろそろご準備を」

「はい」

栞里はスタッフに頷《うなず》いてから、暁彦を振り返る。

「いってきます」

一瞬、暁彦は目を丸めて、まるで眩《まぶ》しいものを見るかのように目を細めて微笑《ほほえ》んだ。

「いってらっしゃい、栞里さん」

大丈夫。私はもう、ひとりじゃないから。

控え室で靴を履き替え、ヒールで縮こまった指先の感覚を取り戻すためにしばらく室内を歩いた。

録音した『マズルカ作品七』を、スマートフォンで流しながら目を伏せて息を吐く。

大丈夫、できる。

怖い。また、大事な人を失うかもしれない。

今度は何も起きない。

内心の自分が弱気な言葉を繰り返す。

指の付け根を一本一本ほぐし、力を抜く。

聴いてほしい人がいる。

栞里が『マズルカ作品七』をきちんと弾けると、見てほしい人がいる。

時間になったので、栞里は荷物を置いて会場に戻った。

『わたしの息子である暁彦が結婚したことを、みなさんご存じかと思います。新しい娘から一曲。ショパンの有名な『マズルカ作品七』をご挨拶代わりに披露させていただきたいと思います。櫻庭栞里です』

義父の紹介とともに扉が開き、栞里にスポットライトが当たる。

一斉に人々の視線がこちらを向く。

ああ、この感覚を知っている。

彼らの視線が栞里を見て、それぞれの思いを抱えるとき。

純粋な好奇心、値踏みするような不躾《ぶしつけ》なもの、そして、栞里の演奏を心待ちにしているもの。

両親を失ってからもコンクールには出てきたのに、何も見えていなかった。

成績が落ちたのは当然だ。誰かに聴かせるために弾けていなかったのだ。技術で勝ち残れても、その先僅差の中で評価を左右するのは、聴衆の感情だ。

芸術とは、人の心を動かさないといけない。良くも悪くも。

長くそのことを忘れていた気がする。

栞里は歩きはじめた。

『マズルカ作品七』を弾くことは、もう怖くはなかった。

パーティーが終わり、栞里は暁彦と宿泊するスイートルームに戻った。

まだ体がふわふわしている気がして、振り向きざまに暁彦に尋ねる。

「どうでしたか、演奏は」

「……とてもよかった。みんなお世辞じゃなく感動していたと確信している」

「ありがとうございます、暁彦さん」

琹里は頭を下げた。

「俺は何もしていないよ。あなたが成しとげたんだ……とてもよかった……本当に、素敵《すてき》だったよ」

「暁彦さんが見守ってくれるから、私は弾けたんです」

ピアノは弾いていた。

ただ、弾いていただけだ。本当の意味で演奏したのは久しぶりだった。

「あなたが私を救い出してくれたおかげで、また夢を見られそうです」

「夢？」

「無理かもしれませんが……やっぱり私はピアニストになりたいです。ソリストとして活動したい。そう強く思いました」

耳の奥には、演奏のあとに巻き起こった拍手が残っている。

体中を揺らすような万雷の拍手。

演奏を終えて泣きそうになったのは、いつぶりだろうか。

「そう」

「暁彦さんのおかげです」

「いや、全部、あなた自身の力だ」

晩彦の声は固い。

「どうしましたか……？」

「あなたが望むなら、来年の大学院の受験をしてみてもいいかもしれない。今からでもスケジュールが間に合うか調べさせよう……来年のどこかで留学もいいかもしれない……それか、コンクールに標準を合わせて」

「ちょっと待ってください」

表情を強ばらせたまま滑らかに話す暁彦の腕を、栞里が掴《つか》む。

「なんだか変です」

「え？」

「まるで私だけの未来みたいで」

「あなたの未来だからね」

「ふたりの未来ではないのですか？」

本気で混乱しはじめた。何があったのかよく分からない。

栞里は暁彦の奥さんで、栞里の未来は暁彦とも深く関わるはずだ。

「もしも、私が本格的にピアノの道に戻れば、お義母さんのように櫻庭の家のことまで手が回るとは思えません。それでも、いいですか？　私はそれが気にかかってるんです」

「は……？」

「一緒に暮らしていて分かりました。お義母さんは社交のために多くの時間を割いていらっしゃいます。私も少しだけお手伝いしましたが、本当に少しで……同じようにできるとは思えないんです」

暁彦は言いつのる栞里を黙って見下ろした。

メガネの奥の瞳は知的で穏やかで、その目にいつでも見つめられていたいと願ってしまう。

「でも、私は暁彦さんの奥さんでいたいです」

「あなたは……どうして……」

暁彦の大きな手が、栞里の頬に添えられる。

「俺はあなたを離してあげられなくなる」

「離してほしいと思ったことなんてありませんよ」

「きっとあなたが思っているより、俺の気持ちは重い」

「嬉しいです」

ゆっくりと唇が重なった。

ここしばらく、ふたりでゆっくりと過ごすことができていなかったことを感じる。

この温度の不在を、どれだけさみしく思っていたか。

胸の奥で、鳥が羽ばたく音がする。バタバタとみっともなく翼を広げて落ち着かない気持ちにさせる。

唇を食《は》まれるようにしてキスをしていると、暁彦が少しだけ顎を引いて口を離した。ちゅ、という音がする。

離れていく濡《ぬ》れた暁彦の唇を視線で追う。

なんて素敵な人なんだろう。

「愛している、栞里さん。あなたが俺との未来を選んでくれたのなら、全力で守る。あなたに選択肢を与え続ける」

「はい」

「それでも、俺を選んでくれる?」

この人でよかった。ずっとずっと想い続けてきた。

この気持ちに、間違いなんてない。

栞里は頬に添えられたままの手をそっと取り、微笑んだ。

「もちろんです。私を一番理解してくれる人で、いてくれますか?」

「ああ」

「なら、きっとうまくいきますね」

「そうだね……愛してるよ、栞里」

名前を呼んで、暁彦が噛《か》みつくようにキスを仕掛けてきた。

ねじ込まれた舌が栞里の口内を蹂躙《じゅうりん》していく。体を預けて暁彦に必死で応える。つたない栞里の舌を吸い、上顎をなぞる。その動きに息が止まる。

体が熱くなるのに、重さがなくなる。

この感覚を教えたのは暁彦だ。

「……これからも、ずっと一緒だ」

「はい」

キスの合間に囁《ささや》かれ、ふふ、と短く笑う。

暁彦の手のひらが、栞里の胸に触れた。心臓の音が聞こえてしまいそうで緊張するが、今更だ。

「栞里、後ろを向いて」

今日着ているドレスは、編み上げ式になっていた。この紐を緩めなければ脱ぐことはできない。

栞里は黙って暁彦に背を向けた。

「女神みたいだ」

「そんなこと……あっ」

暁彦の唇が項《うなじ》の一番下に口づけた。

首の後ろのカラーのホックとくるみボタンを外していく。

そして、編み上げの紐をしゅるりと音を立てて解きはじめた。暁彦の指は丁寧に、そして焦《じ》らすように時間をかけて紐を緩めていく。

期待に息が浅くなっていくのを感じて、目を伏せる。

彼の指先がドレスの上をなぞる度、花びらが散るように体に熱がともっていく。

すっかり解き終わる頃には、栞里の体は微《かす》かに震えていた。

「耳まで赤い」

囁かれて、栞里は慌てて耳を隠す。それが無駄だとは分かっていても、せめてもの抵抗だ。

「可愛《かわい》い……」

暁彦が後ろから栞里を抱き寄せた。すっぽりと収まるほどの体格差があるので、包み込まれる形になる。

彼は栞里の耳元で優しく囁く。

「ベッドに行こうか？　それとも、このままここでシようか？」

吐息混じりのその声に、唇を噛む。

「冗談だよ。ちゃんとベッドに行こう？」

今までも暁彦は栞里を尊重してくれていた。

いつでもあの人のまなざしが、見守ってくれている。ベッドに押し倒され、暁彦の目を見上げる。

とても整った美しい容貌に、欲がこみ上げている。

暁彦の手がドレスの裾をめくりあげ、栞里の白いももをさすっている。

足を開くとショーツのレースが、溢《あふ》れた愛蜜で張り付いている。暁彦の指が膝裏をくすぐり、内ももをなぞる。

「ひ……あぁ……んんっ」

ドレスに響かないように、今日は淡い色の下着を穿《は》いていた。

もうすでに濡《ぬ》れているのが分かる。恐らく秘部は透けてしまっているだろう。

ショーツのクロッチを指先で辿《たど》り、割れ目をなぞる。湿った音がくちゅりくちゅりと大きな音を立てる。

「あ……やぁ……」

「濡れてるね」

「あ……んん、や……っん、ぁ」

暁彦の指が、栞里の花芽をショーツの上から弾《はじ》いた。

パチンッ、と体に衝撃が走る。

「痛かったかな？　優しくするね」

暁彦は栞里の花芽をくるくると撫《な》で、可愛がってくれる。強い刺激から淡い感覚に切り替えられ、くちゅりくちゅりと蜜が零《こぼ》れていく。

「はぁ……んん……暁彦さ……んっ」

ショーツをずらされ、濡れた秘裂が外気に触れた。

その感触さえも快感を得る。濡れた秘裂を暁彦の熱い舌が舐《な》め、花びらを丹念に舐めしゃぶる。

泣くように溢れる蜜を舌で舐めとり、かき混ぜられた。

花芽を指で撫でられ、秘裂を直接舌で愛されたら、一瞬、息が止まった。

「んんっ、……あっ」

じゅる、と大きな音を立てて愛蜜を啜《すす》られる。

「あ、やぁ……」

「ふ」

暁彦が喉の奥で笑い舌先を尖《とが》らせると、ひくつく蜜口をぐるりと撫でた。

「ひ、ぁ……」

恥ずかしい。なのに、気持ちがいい。怖いくらいに。

逃げようとする琹里の腰を押さえ、さらに舌をねじ込まれる。

生温かいそれが蜜襞を広げるように動き、琹里は「ああっ」と高い声をあげた。

ぽろっと涙が眦《まなじり》から零れる。

与えられるものを享受し、体中が暁彦だけになる。

それがこんなに幸福だと、知っていただろうか。

「暁彦さ……も……いいです」

懇願ではない響きに気付いたのか、暁彦は動きを止めた。

栞里は浅い息を繰り返しながら、暁彦に微笑みかけた。

「お願いします、挿《い》れてください……その、あなたのすべてを感じたいんです」

暁彦は表情を消した。

怖いくらい鋭利な美貌で栞里を見つめ、愛液で濡れた口元を拭った。

スーツのジャケットを脱いで、床に投げ捨てる。

「見ていて、あなたを世界で一番愛しているのが誰なのか」

暁彦はネクタイの結び目に指を通すと、やや乱雑に解く。

スラックスの前は、暁彦の欲望がすっかり浮き上がっていた。

あれが、栞里の中を満たすのだ。空っぽだった栞里を導き、目を開かせてくれた。

「はい……暁彦さんも、私がどれだけあなたを愛しているか、知ってくださいね」

「はっ」

彼は興奮を滲《にじ》ませた声で短く笑い、スラックスの前をくつろげる。

何度か彼と夜を越え、肌を重ねた。

それまでのどのときよりも、彼のそこは張り詰めているように見えた。

お互いに合意だった。もう、隔てるものは何もなくていいと。むき出しの粘膜同士で触れ合い、求め合いたいと。

栞里は腕を伸ばした。

ドレスは不格好にめくれ上がり、大きく開かれた足の間は淫《みだ》らに太ももまで濡れている。

それを、彼が欲を宿した瞳で見ている。

また涙が零れそうだった。

胸が張り裂けてしまうんじゃないかと思うほど、幸せだった。

「栞里」

「はい」

「いやなら、言ってほしい」

ぴたりと、彼の先端が蜜口に触れる。きゅう、と隘路《あいろ》が切なく泣き、栞里も反射的に目を伏せた。

熱い。

「いやじゃ、ないです」

いやだったことなんて、一度もない。

暁彦が栞里に教えてくれたことは、すべて宝物だ。

どれだけ大切にしてもらっていたのか、自分が一番よく分かっている。

くぷ、と一番太く、硬い先端が潜り込んできた。

「ああっ」

ゆっくり、ゆっくり、暁彦は歯を食いしばりながら腰を進める。

「そんなに締めないで」

「ふ……んん……っあぁ……」

「しっかり、息を……して」

暁彦の雄槍を、栞里の蜜洞は喜んで迎え入れる。そこはぎゅうぎゅうに彼に絡みつき、動きのひとつも見逃さないように貪欲に収縮していた。

「あ、あきひこさ……っ、あぁ……っ」

こじ開けてくる杭《くい》から蝕《むしば》む熱に、思考回路が解けていく。

暁彦の首に縋《すが》るようにしてしがみつきながら、栞里は体の中の嵐を感じる。

熱い、たった一枚のラテックスがないだけで、こんなに熱くて、硬いのか。

「き、きもちいいです……」

「煽《あお》らないで、大事にしたいんだ」

「いつも……ぁっ、だいじに、してくれま……っ」

隘路の奥の奥まで、暁彦のそれが入り込む。

ぐちゅんと、ひときわ大きな音が立った。軽く視界に光が散った。

「あぁっ……ふ……ぁ」

「きれいだよ、栞里」

「あっ、も……お願いします……、お願い……」

お願い。

もっと愛して、奥の奥まで、あなたでいっぱいにして、あなたしか感じられないように。

呼吸を求めて開いた口を塞《ふさ》がれるようにキスをされ、一気に腰を引かれる。悲鳴に近い嬌《きょう》声《せい》があがりそうになる。

引き抜かれる快感に腰がびくんと跳ね、それを見計らったように、また一番奥まで突き進む。

激しく穿《うが》たれ、何度も何度も揺さぶられる。

「あぁ……んんっ、はっ……ん……ぁ……っ」

彼を求めて、体が変わっていく。

それが心地よい。

これが愛だ。私を救い、解放してくれた人に返してあげられるひとつの手段だ。

ぎゅっと全身に力がこもる。

雄槍が硬度を増して、栞里の奥をえぐる。

「ああっ……も……や……あぁっ」

「栞里」

名前を呼ばれた瞬間、すべてが爆《は》ぜた。

びくん、と大きく体が跳ね、視界が真っ白に染まる。

彼の存在だけが……世界を満たしていく。

栞里につられるように最奥に叩《たた》きつけられた熱い飛沫《しぶき》を感じながら、緩やかに伸びてくる脱力に身を任せた。

エピローグ

その日は、とてもよく晴れていた。

飛行機から降りてすぐ感じるのは、その国の空気のそれぞれの違いだ。

フランスのからりとした空気を栞里《しおり》は好んでいた。

暁彦《あきひこ》と結婚してから、五年の時が経《た》った。

あのあと、栞里はコンクールに復帰した。素地もあったし、何より運が悪い方ではない。

櫻庭《さくらば》栞里は表舞台に帰ってきた。

天才の失墜と言われていた時代は終わりを告げた。ここ数年間、畳んでいた翼を広げた栞里の成績はコンクールの度に上がり、才能が本物であることを知らしめた。

天才少女の再来。

コンクールで両親を失い、結婚後、夫の支えで再度開花した才能。

そして、栞里自身の容姿。すっかり女性として自信を取り戻した彼女は人の目を惹《ひ》いた。

手のひらを返したように、みながもてはやしはじめた。

それに何も思わなかった。

ただ、ピアノを弾くことができて、その行為を肯定されることは嬉しかった。

苦しかった数年間は確かにある。でも、今はこんなに幸せだ。

栞里はトランクを引きながら、ラウンジに向かった。

『あの！』

英語で呼び止められた。

振り向くと、ワンピース姿の赤毛の女の子が立っていた。十歳前後だろうか。

栞里が振り向いて首を傾《かし》げると、その子はぱぁっと顔を華やがせた。

『シオリ・サクラバですか？』

『はい』

『わぁ……！』

その子はその場で跳びはねた。少し離れたところに少女を見守る両親が見えた。目が合うと、会釈をされた。

『フランスでのコンサート、楽しみにしてます』

『ありがとう。あなたもピアノをやっているの？』

『分かりますか⁉』

大きな目がきらめく。可愛《かわい》らしさに思わず微笑《ほほえ》んだ。

そして、その場に膝を突いて、栞里は小さな手を取った。

自分の手のひらに載せると、子どもらしいふくふくした手をしていたが、指先が痛々しく腫《は》れていた。

『この手を見れば、あなたがピアノを愛していることが分かります。ピアノもきっとあなたを愛しているわ』

少女は今にも泣きそうに目を潤ませながら、その場で何度もジャンプする。本当に嬉《うれ》しいのだろう、その気持ちが伝わってきて、栞里の胸も熱くなる。

『大ファンです。あの、写真を……撮ってもいいですか？』

『もちろん。ええと……じゃあ、ご両親に』

『わたしが撮りましょうか』

その低く艶《つや》っぽい声に、栞里の心臓がばくんと高鳴る。

振り向けば、スーツ姿の暁彦が立っていた。

「暁彦さん……」

『お嬢さん、スマートフォンを貸して』

突然現れた大柄な暁彦に驚いたようで、少女は栞里と両親、そして暁彦を順番に見た。

『大丈夫、私の夫です』

『あ……は、はじめまして』

少女は警戒を解いて、笑顔でスマートフォンを暁彦に差し出した。

『はじめまして。いい手をしているね』

暁彦もまた少女の指先に目をとめて、さらっと褒《ほ》めた。

少女は琹里を見るときとは種類の違う熱っぽい視線を、暁彦に向ける。

仕方ない。彼は素敵《すてき》な人だ。

琹里は苦笑した。

もしかして音楽教室で暁彦と会っていたとき、人から見たら琹里もこんな表情をしていたのだろうか。

だとしたら、恥ずかしい。

『じゃあ、写真を撮りましょうか』

少女は憧れのピアニストと写真に収まることができる幸運を思い出したのか、真っ赤になって汗をかきはじめた。

『大丈夫、コンクールよりは緊張しないはずよ』

何枚か写真を撮る。

少女は撮ったそれをスマートフォンでチェックして、やっぱりその場で跳びはねた。

『ありがとうございます！』

『ピアノ、頑張ってね』

『はい！』

『じゃあ、会場でもし気付いたらウィンクするから、ウィンク返してくれる？』

『もちろんです！』

少女はきゃーっと歓声をあげて、何度も頷《うなず》く。

栞里も暁彦も顔を見合わせて微笑み合った。

『じゃあ、そろそろ行くね。夫と会うのは久しぶりなの』

栞里ははじめてのワールドツアー中だ。

昨年、世界最高峰の国際コンクールで入賞したこともあり、ツアーが組まれたのだ。練習からツアー本番まで、駆け足だった。

暁彦自身も会社を本格的に引き継ぐために、経営に本腰を入れたため、世界中を飛び回っている。

連絡は頻繁に取って、通話もしていたが、時差があるときはどうしようもない。

今回のようにたまたま近くの国に滞在するときに、暁彦がなんとか会いに来てくれるチャンスは逃すことができない。

彼は今日、ロンドンからパリまで来てくれた。栞里とともに過ごすためだけに。

『あのっ』

『ん？』

『ピアノは好きですか？』
直球の質問に思わず黙った。
栞里は暁彦を見上げて。彼の大きな手を握った。
そして、微笑みながら少女を見る。
『考えたことがないかも。ピアノは私の人生だから』
『人生……』
『そう、かけがえのない人とつないでくれた、大事なものよ』
暁彦の手がじんわりと熱くなる。
ちらりと見た彼の顔は真っ赤になっていた。
ふふ、と短く笑いながら、栞里は暁彦の手をしっかりとつなぎ直した。
この胸いっぱいの愛が伝わるように祈りながら。

了

あとがき

はじめまして、または、お久しぶりです、あかつきもも花と申します。この度は『過保護な御曹司は薄幸の令嬢に一途な愛を注ぐ～契約結婚の奏でかた～』をお手にとってくださり、ありがとうございます。

ヴァニラ文庫ミエルさまでは二作品目となります。いかがでしたでしょうか。少しでも楽しんでいただけていると嬉しいです。


今回は「虐げられ令嬢がやりたいです！」というところから出発し、担当さんと打ち合わせを重ねて作品の輪郭を作りました。虐げられたヒロインが自分自身の生きる力を取り戻して、輝く話が大好きで……。

現代物で虐げられる場合、どうなるんだ……？　と考えた結果、「夢を奪われる」というところに落ち着きました。作中でどんな曲を出すかなども、たくさん音源を聴いたり、コンクールの課題曲などを確認したり、ピアノや音楽の資料をひっくり返し、いろいろ思案しながら書いたことも、楽しい思い出です。

今回、美しい挿画は、よしざわ未菜子さまがご担当くださいました。ラフをいただいた時から、「栞里かわいい！」「暁彦かっこよ！」と語彙力をすべて失った感想ばかりでした。このふたりが夜にお茶会したり、チェロとピアノで弾いていたりしているのか……と考えるだけで心が潤いました。

暁彦をメガネにしてよかったです。本当にありがとうございます。過保護なヒーローと一途なヒロインを、美麗なタッチで絵にしてくださり、感激しております。

それでは、また、いつかの機会でお目にかかれますよう。これからも書いていきたいと思います。

二〇二五年　一月吉日　あかつきもも花

Vanilla《ヴァニラ》文庫 Miel《ミエル》

留学先で出会った公輝と恋に落ちるも、身分差を感じて彼の前から姿を消した美那。その後、妊娠が発覚し、一人で息子を産み育てていた。そんなある日、会社の副社長として公輝が目の前に現れる。
「二度目は逃がしてあげないよ」別れから四年がたっているのに、一途に美那を求めてくる公輝。息子ごと愛情を目いっぱい注がれる日々が始まって……!?

好評発売中

原稿大募集

ヴァニラ文庫ミエルでは乙女のための官能ロマンス小説を募集しております。
優秀な作品は当社より文庫として刊行いたします。
また、将来性のある方には編集者が担当につき、個別に指導いたします。

◆募集作品

男女の性描写のあるオリジナルロマンス小説（二次創作は不可）。
商業未発表であれば、同人誌・Web 上で発表済みの作品でも応募可能です。

◆応募資格

年齢性別プロアマ問いません。

◆応募要項

・パソコンもしくはワープロ機器を使用した原稿に限ります。
・原稿は A4 判の用紙を横にして、縦書きで 40 字 ×34 行で 110 枚 ~130 枚。
・用紙の 1 枚目に以下の項目を記入してください。
①作品名（ふりがな）/②作家名（ふりがな）/③本名（ふりがな）/
④年齢職業 /⑤連絡先（郵便番号・住所・電話番号）/⑥メールアドレス /
⑦略歴（他紙応募歴等）/⑧サイト URL（なければ省略）
・用紙の 2 枚目に 800 字程度のあらすじを付けてください。
・プリントアウトした作品原稿には必ず通し番号を入れ、右上をクリップなどで綴じてください。

注意事項
・お送りいただいた原稿は返却いたしません。あらかじめご了承ください。
・応募方法は必ず印刷されたものをお送りください。CD-R などのデータのみの応募はお断りいたします。
・採用された方のみ担当者よりご連絡いたします。選考経過・審査結果についてのお問い合わせには応じられませんのでご了承ください。

◆応募先

〒100-0004　東京都千代田区大手町 1-5-1　大手町ファーストスクエアイーストタワー
株式会社ハーパーコリンズ・ジャパン　「ヴァニラ文庫作品募集」係

過保護な御曹司は薄幸の令嬢に一途な愛を注ぐ
~契約結婚の奏でかた~

Vanilla文庫 Miel

2025年2月20日　第1刷発行　　定価はカバーに表示してあります

著　　作　あかつきもも花　©MOMOKA AKATSUKI 2025
装　　画　よしざわ未菜子
発 行 人　鈴木幸辰
発 行 所　株式会社ハーパーコリンズ・ジャパン
東京都千代田区大手町1-5-1
電話　04-2951-2000（営業）
0570-008091（読者サービス係）
印刷・製本　中央精版印刷株式会社

Printed in Japan ©K.K.HarperCollins Japan 2025 ISBN978-4-596-72517-2